吉檀迦利·采果集
新 译 新 解

JITANJIALI CAIGUOJI XINYI XINJIE

【印】拉宾德拉纳特·泰戈尔 – 著

吴宇华 – 译

商务印书馆国际有限公司

图书在版编目（CIP）数据

吉檀迦利·采果集　新译新解 /（印）拉宾德拉纳特·泰戈尔著；吴宇华译 .-- 北京 ：商务印书馆国际有限公司，2022.7

ISBN 978-7-5176-0923-0

Ⅰ .①吉… Ⅱ .①拉… ②吴… Ⅲ .①诗集—印度—现代 Ⅳ .① I351.25

中国版本图书馆 CIP 数据核字 (2022) 第 082030 号

JITANJIALI · CAIGUOJI　XINYI XINJIE

吉檀迦利·采果集　新译新解

著　　者	［印］拉宾德拉纳特·泰戈尔
译　　者	吴宇华
出版发行	商务印书馆国际有限公司
地　　址	北京市朝阳区吉庆里 14 号楼 佳汇国际中心 A 座 12 层
邮　　编	100020
电　　话	010–65592876（编校部） 010–65598498（市场营销部）
网　　址	www.cpi1993.com
印　　刷	北京建宏印刷有限公司
开　　本	880mm × 1230mm　1/32
字　　数	224 千字
印　　张	11.5
版　　次	2022 年 7 月第 1 版第 1 次印刷
书　　号	ISBN 978-7-5176-0923-0
定　　价	49.00 元

译者序

泰戈尔的诗集难译、难懂，至少有两个难点或许所有的译者都遇到过。

难点一，诗的含义是什么。泰戈尔的诗几乎每一首都难懂，英文原文难懂，翻译成中文也难懂。不知道诗的含义和寓意，准确地说，是不知道哪种含义才是泰戈尔的原意或接近泰戈尔的原意。

难点二，词的含义是什么。例如《吉檀迦利》第1首中“immortal”的解译就让众多的译者费尽思量，说法不一。

为解决这些难点，本人做了以下尝试。

一、多方寻找解读诗歌的依据。本人在泰戈尔28部英文作品如*THE REALISATION OF LIFE*（《生命的实现》）、*CREATIVE UNITY*（《创造的统一》）、*GLIMPSES OF BENGAL*（《孟加拉掠影》）、*MY REMINISCENCES*（《我的回忆录》）中，以及在泰戈尔家族主办的杂志*THE MODERN REVIEW*（《现代评论》）中，在对泰戈尔诗歌进行研究的国内外学术文献中去寻找解读其诗歌的依据。由此，本人发现理解和翻译泰戈尔的诗歌没那么难了，还顺带把握了泰戈尔的文风和遣词造句的习惯，理解了他为什么经常把看似矛盾的两种情感融合在一起进行表达。本人认为这样的翻译方法让译文更接近原意。当然这样做并不意味着每一首诗都能找到解读依据，但感觉绝大部分是找到了。

二、在每首诗后，说明其大意（和寓意），并对其进行必要的注释，以期读者更加明了诗意。因为诗句简短，考虑到阅读的流畅性，这些注释在正文中未加编码角标；在不影响理解的情况下，注释中的人称代词有时径直省略了引号。相信这都不至于引起理解的障碍。

泰戈尔幼小时被关在家里，由哥哥嫂嫂负责教育。他在家里没有玩伴，只能通过窗口、阳台张望外面的世界，只能用眼睛和心与大自然交流。他可以一整天凝视窗外的榕树或某个阴影处，榕树的气根都能让他浮想联翩，大自然、万物成了他亲密的玩伴和朋友。他的世界在无边无际的大自然里。被关在家里、勤奋学习、独特的心灵，这三者为泰戈尔的非凡成就奠定了坚实的思想和情感基础。与大自然的亲密关系、对大自然的爱恋和向往从小就扎根在他的灵魂当中，贯穿着泰戈尔的思想和情感世界，这一点本人认为是翻译和阅读泰戈尔诗歌时应该注意的。《吉檀迦利》和《采果集》（被称为《吉檀迦利》的续集）歌唱大自然（他心中的神以及神的显现），歌唱真善美，抨击假恶丑，向往充满着爱、纯洁、自由、快乐、奉献、平等、谦恭的理想世界。

因本人水平有限，还请读者不吝赐教。

吴宇华

目　录

吉檀迦利

01

你已经让我无穷无尽，
这样做你很是高兴。
这脆弱的容器你一次次地清空，
又一直在注入新鲜的生命。

你带着这小小的芦笛翻山越岭，
吹出的乐曲永远都新颖。

在你双手不朽的爱抚下，
我这颗小小的心快乐得没有止境，
生发出妙不可言的心声。

你无限的礼物只放入我小小的手中。
千秋万代在消逝，
你依然源源不断地送来礼物，
而我的手一直都有空余来接领。

本诗大意：世界是美好、纯洁的，它一直都在爱我，一直在感化、净化我的灵魂，我也一直在接受感化和净化，一直在被它吸引，一直在向往它。这首诗表达了《吉檀迦利》的主题思想，就是人要追求纯洁和永恒的精神与灵魂。

《吉檀迦利》虽然处处提到神，但实质上其主题思想是赞颂世界的美好。泰戈尔心中的神就是美好的世界、纯洁的灵魂。《吉檀迦利》的肺腑之言是：世界本是美好的，为什么人类却视而不见？为什么都陷于物欲和纷争？快醒醒，人类，去拥抱一直爱你的世界！

依次注释：

1. 你：指泰戈尔向往的神，实际上就是世界。

2. 无穷无尽：世界是无穷无尽的，“我无穷无尽”意味着我和世界一样永恒，和世界融合在了一起。

3. 高兴：神乐意引导人类的灵魂投入美好的世界，神希望他缔造的人类能与世界融合为一体。

4. 脆弱：我的灵魂很脆弱，在世俗中很难抵挡各种物欲的诱惑，也难免纷争，所以很难有纯洁的灵魂，而不洁的灵魂无法得到神的接纳，即无法与世界融为一体。

5. 容器：指人的心、灵魂。神时时刻刻都在清空和洗涤我不洁的灵魂，又时时刻刻地把纯洁或新鲜的生命注入我的灵魂。

6. 新鲜的生命：可理解为世界之魂，也就是爱、纯洁、快乐、自由、真善美、和谐统一等。人与世界融为一体，才会有永恒和新鲜的生命。

7. 芦笛：泰戈尔常用笛声来隐喻神的心声。

8. 翻山越岭：寓意是走遍世界，即世界每个角落都有神的声音。

9. 新颖：大自然、世界每时每刻都在变化，所呈现的面貌都是新的。

10. 无限的礼物：实质上就是爱、纯洁、自由、快乐、真善美、和谐统一等。

11. 只：神的礼物只给我一人，因为这是我和神的二人世界。两个人的世界在后面多首诗里都有体现，反映了泰戈尔的世界观和社会观，即他觉得只有他理解他的神，反之亦然。

02

你钦命我歌唱时，
我的心骄傲到都要裂开。
我仰望着你的脸，
泪水向眼眶涌来。

我生命中的所有喧闹与不合拍，
都化成了甜美的和谐。
我的赞歌如同快乐之鸟，
展开翅膀在飞越大海。

我知道我的歌给了你欢快，
我知道只因为我是歌者，
才能蒙受你的召来。

我歌声的翅膀远远张开，
翼尖触碰到了你的双脚，
那是我不敢奢望触及的所在。

我陶醉于唱歌开怀，
竟忘记了自己的本来。
我直呼你为朋友，

而你一直是我的主宰。

本诗大意：世界（神）希望我快乐自由，而我也向往世界的快乐自由，尽管我微不足道。

依次注释：

1. 歌唱：泰戈尔一直认为唱歌是表达内心真实情感和思想的最佳方式，比文字或语言要强得多。

2. 骄傲：得到神唱歌的命令意味着得到了神的青睐，也就是我摆脱了尘欲要融入世界了，这怎不叫“我”骄傲欲哭！

3. 喧闹与不合拍：不和谐，指尘世的纷争。

4. 大海：指充满贪欲与纷争的人世。

5. 双脚：摸脚礼是印度宗教的一种礼仪，表达对长者和尊者的敬意。

6. 朋友：泰戈尔把他的神称呼为朋友、情人、新郎、主人、大师等。在他心中，神不仅是统治世界之王，也是世界万物（包括人类）的显现，即神化身为万物，也就是说神既是崇高的，也是平凡的，他把神即世界视为挚友，所以他经常称呼神为朋友。

03

我不知道你如何唱歌，我的大诗人！
我一直在安静的惊叹中聆听你的歌声。

你音乐的光辉照亮了世界。
你音乐的生命气息在天宇奔腾。
你神圣的歌流冲破了一切顽石的阻隔，
永不停止地向前飞奔。

我的心渴望加入你的歌咏，
但徒劳努力而发不出声音。
我想说话，但话语成不了歌声，
我只能迷茫地呼喊。
啊，在你音乐的天罗地网里，
你俘获了我的心，我的大诗人！

本诗大意：世界（神）在唱着一首和谐的生命之歌，虽然我自觉还不配融入其中，但我迷恋它，一心向往它。

依次注释：

1. 大诗人：泰戈尔对他的神的称呼之一。

2. 音乐：指世界之歌，即世界和谐统一的运转旋律，体现在斗转星移、季节变换、鸟语花香……

3. 阻隔：指人的贪欲、自私，它阻碍了人与世界融为一体。神（世界）的歌声就是要打破这样的障碍，让人突破自我，走进广阔的世界。

4. 飞奔：指世界的运转永不停歇，世界之魂永远在歌唱。

5. 徒劳：指我的灵魂虽然向往世界，但却无法到达它，也就是我的灵魂还不纯洁，还不能得到世界（神）的接纳，无法与世界合拍。

04

纯洁是我生命中的生命，
我要保持身体纯洁不肮脏。
我知道你的触摸能赋予生命，
你抚遍了我的躯干皮囊。

我要抛弃所有思想中的虚妄，
我知道只有你才是真，
它点亮了我心中理智的光芒。

我要赶走心中所有的孽障，
让我的爱永远怒放。
我知道你把坐席放在了我心中最神圣的地方。

我要在一举一动上竭尽全力去显现你的光芒。
我知道是你的神力给了我行动的力量。

本诗大意：我要保持身心纯洁，以与神连为一体。

依次注释：

1. 虚妄：指虚伪、贪婪等假恶丑。
2. 真：包括真相、真理、真实、真诚，与虚妄对立。

生命、理智、灵魂是从不真（虚妄）走向真的过程。

3. 坐席：指神永远在“我”的心里。

4. 显现：“我”要显现神，即像神一样去爱、去创造，去实现真善美、去实现和谐统一。

05

且让我享受片刻，
来到你身边坐一坐，
稍后我会干完手上的工作。

看不到你的芳泽，
我的心就不知道休息和喘口气，
工作变成了无边无际、无穷无尽的劳作。

现在夏天已经来到了我的窗口，
带着清风细语、慢声柔说。
蜜蜂在花丛之宫自由地吟唱穿梭。

这正是静坐的好时刻，
我与你相对而坐，
在静静的、洋溢的悠闲中，
唱着生命的奉献之歌。

本诗大意：人终日忙忙碌碌，只为功名利禄、荣华富贵。把这些身外物放下，投入世界（神）的怀抱去，那里才有真正的自由快乐，那里才能体现生命的价值。本诗也可按世俗的爱情诗来解读。

依次注释：

1. 享受：指投入到休闲娱乐活动，也就是去欣赏和领会世界之美、去追求灵魂的完美和圆满。

2. 工作：追逐物质财富的工作。泰戈尔把工作分为物质性的工作（如集市中的买卖交易）和休闲娱乐的精神性工作（如唱歌、绘画），他鄙视前者而崇尚后者，因为前者追逐物质财富，后者追求纯洁的精神与灵魂。

3. 芳泽：指神（世界）的面目。

4. 休息和喘口气：指精神性活动。

5. 夏天：夏天到了，生命在绽放，世界在绽放，我该去往那里了。

6. 悠闲：指休闲娱乐的精神性活动，与物质性的工作相对立。

7. 奉献：指将人的生命奉献于爱、真善美，以及与世界的和谐统一。

06

请摘下这朵小花并拿在手里，
不要迟疑！
我唯恐它枯萎，
落入尘土里。

也许我在你的花环里找不到位置，
但请你伸手摘下它，
你采摘的刺痛表达了你对它的恩赐。
我唯恐还没留意，
白天就已结束，
供奉的时间就已过去。

虽然这朵花的颜色不浓郁，
也没有什么香气，
但请让它来供奉你。
趁着时间还来得及，
请把它摘在手里。

本诗大意：我虽然只是一个微不足道的凡夫俗子，但我也渴望献上我对神的爱（实际是对世界的爱），神啊，请不要嫌弃我。

依次注释：

1. 小花：就是“我”。泰戈尔总是用小花、小草等小生命来象征卑微、平凡、真善美。

2. 花环：表达尊重、崇拜与爱。

3. 刺痛：泰戈尔把痛视为爱的一个方面，爱与痛是相互依存的，有爱才有痛，痛意味着爱，刺痛表达了你对花的爱。

07

我的歌卸下了她的妆饰，
她没有了衣饰的傲慢。
妆饰会玷污我们的合体，
会阻隔我和你。
它们叮叮当当的声音，
会淹没你的柔声细语。

我诗人的虚荣在你的眼前羞愧而死。
啊，大诗人，我已经坐在你的跟前，
请你把我的生命变得纯朴单一，
就像你用音乐来充实的一支芦笛。

本诗大意：我要摆脱物欲，这样才能融入神、融入世界。

依次注释：

1. 她：指追逐物欲的“我”。泰戈尔作品中，把“我”分为“自我”和与世界融为一体的“我”。歌声让“我”纯洁，摆脱“自我”和物欲。

2. 妆饰：指身外物（物质财富）。泰戈尔认为人的生命不该用来追求物质财富，生命的价值和意义在于爱、纯洁、奉献、自由快乐，只有抛弃了物欲，才能得到灵魂的纯洁和快乐。

3. 合体：指生命（灵魂）与神、与世界融合在一起，这只有摆脱物欲才能实现。

4. 叮叮当当的声音：指身上各种妆饰发出的声音，象征物欲。

5. 柔声细语：指纯洁，与叮叮当当的声音对立。在泰戈尔作品中，喧哗的声音通指不好的事物，比如物欲，而悄声则寓意美好。

6. 大诗人：指神，神一直在谱写世界大爱之歌，在神那里，只有爱，没有物欲。

7. 用音乐来充实：指用自由快乐（以及爱、奉献、真善美等）来充实生命，有了自由快乐，生命才有真正的价值。

08

这小孩穿着王子长袍，
脖子围着项链珠宝。
他失去了玩耍的所有乐趣，

因为他的衣着让他连步子都迈不好。
因为担心摔破衣服，
因为担心沾上灰尘、弄脏衣袍，
他把自己与世隔绝，
甚至不敢迈一迈脚。

以华贵的衣服来束缚孩子，
万一把他与大地隔开，
健康的尘土沾不到，
万一剥夺了他参与孩子们共同盛会的权利，
那么，这位母亲啊，
你对孩子的华丽束缚可就没什么好。

本诗大意：小孩在泥土中玩耍是正常的、健康的，是纯真灵魂的体现，因为在泥土中玩耍他们与世界融为一体了，能体验和认识世界。因此，不要用物质财富和不健康的观念去束缚孩子，那会让孩子远离世界、远离纯洁。

依次注释：

1. 王子长袍、项链珠宝：指荣华富贵，即追逐物欲，这与世界、与神是背道而驰的。

2. 尘土：是人与世界接触、认识世界的界面之一，认识世界、进入世界就必须要接触尘土。

3. 健康的尘土：指世界，寓意人要与世界在一起。世界本身是健康的，世界还能给予人健康的灵魂。

4. 共同盛会：人的生命中共有的盛大集会，这里指儿童喜欢聚在一起玩耍，见本诗集第 60 首。

09

噢，傻瓜，想把自己扛在自己的肩上！
噢，乞丐，想来到自家的门口乞讨！

把你的负担交到能承受这一切的人的手上，
不要后悔，不要回望。

你的欲望一呼出，
就能立刻吹灭它碰到的灯光。
不要从它不洁净的手接受礼物，
这样做不圣洁。
只能接受神圣的爱的赐赏。

本诗大意：执着于物欲的人太傻太无知了。快摆脱物欲吧，去迎接圣洁的爱，去拥抱美好的世界。

依次注释：

1. 傻瓜、乞丐：指沉陷于物欲无法自拔的人或心态。“扛在自己的肩上”“到自家的门口乞讨”有两种寓意：一是形容这种人走不出自我，只能在自己狭窄的世界里挣扎；二是形容这种人极端的愚昧无知和顽固不化。

2. 负担：即第一节里的那种人所承受的种种压力。人免不了要承受各种物质和精神的负担，但人应该学会放下过多的负担，不要有过度的物欲，要轻装前进，学会享受生命的自由快乐，奉献生命，将生命与社会、与世界融为一体。

3. 手：指神的手。世界属于神，包括物质财富，所以你还是把得到的物质财富还给神吧（即抛却物欲），轻轻松松地投入到美好的世界怀抱中去。

4. 灯光：指灵魂的纯洁、圣洁。物欲会吹灭灵魂的纯洁。

5. 礼物：指神圣的爱，即神或世界带给人的爱、真善美、和谐统一。

10

你的脚凳在那里，
在最贫贱的、一无所有的人生活的地方，
你的双脚在那里歇息。

当我想向你鞠躬敬礼时，
我的敬礼无法到达你双脚所在的深底，
你的双脚在那里歇息，
在最贫贱的、一无所有的人群里。

你穿着卑微者的粗衣，
在最贫贱的、一无所有的人群中行走，
傲慢永远无法走近那里。

你与最贫贱的、一无所有的人群中
没有伴侣的人永结伴侣，
我的心却怎么都找不到路，
无法去到那里。

本诗大意：神的爱总是给予那些不存物欲、全身心追求灵魂纯洁的人。

依次注释:

1. 脚凳：指神歇脚之处，象征神钟爱的地方，即最穷、最低贱、一无所有的人群生活的地方。实际上神是世界之王，整个世界（包括物质的和精神的）都是神的脚凳。

2. 最贫贱、一无所有：指物质赤贫但精神富有或灵魂纯洁。这种人不是我们通常所理解的穷人，而是主动鄙视物质财富，甘愿赤贫，全身心追求灵魂纯洁，追求与神、与世界融为一体的人。泰戈尔反反复复强调，只有物质赤贫了，精神或灵魂才会纯洁，才能走进神和世界。

3. 我：指诗人自己。“我”既不是物质贫穷、无权无势的人（即物质赤贫、精神富有或灵魂纯洁），也不是物质富有、有权有势的人（即精神赤贫或灵魂不纯洁），那“我”就是处于从物欲向灵魂纯洁转变过程中的人。实际上《吉檀迦利》整部诗集都在表达“我”摆脱物欲、去往灵魂纯洁世界的渴望和行动。

4. 鞠躬敬礼：表示“我”虽然向往神，但还没有全身心地去追随神，也就是还牵挂着物欲和尘世。

5. 卑微者：也就是最贫贱的、一无所有的人。

6. 傲慢：指有钱有势的人、物欲追逐者，他们是灵魂不纯洁的人，与最贫贱的、一无所有的人相对立。物质富有者不会理解，甚至嘲笑精神富有者。

7. 没有伴侣的人：指除了神再无伙伴的人，即与神、与世界完全融为一体的人，象征至纯至善至美。

11

放下赞唱、念诵和数念珠！
寺庙的门都全部紧闭，
在这孤独黑暗的角落里，
你在向谁做拜礼？
睁开眼看，你的神不在你面前！

农民在坚硬的土地上锄地，神在那里，
筑路人在敲碎石头，神在那里。
不管日晒雨淋，神都和他们在一起，
衣服沾满了土粒。
脱下你的圣袍吧，
像他一样来到尘土飞扬的泥地。

解脱？到哪里去找解脱？
我们的造物主自己，
都已经快乐地拿起了创造的束带，
把我们和他永远捆绑在一起。

从你的冥想中走出去，
把鲜花和香烛丢弃！
衣服变得破烂肮脏又碍什么事，
去见他，去和他站在一起，

辛勤劳动，汗水淋漓！

本诗大意：神时时刻刻在创造着世界，在创造中显现自己。人真要敬神、真要实现生命价值的话，就要像神一样去劳动、去创造，而不是到处做样子，空有形式。

依次注释：

1. 赞唱、念诵、数念珠：这些是寺庙里常见的举动，包括下文提到的穿圣袍、供花和烧香。敬神不是做做样子就可以的，形式再好也没用。真正敬神必须要有行动，要像神（世界）一样去行动，去创造。

2. 农民、筑路人：泛指一切劳动者，他们才是真正地在敬神，因为他们和神一样在创造。

3. 解脱：指人从自私贪婪的自我中走出来，投入神的怀抱，即投入到灵魂的纯洁与永恒中去。

12

我的旅程一生一世，
我的旅途上天入地。

我乘上第一缕晨光车辇开始了游历，
穿越宇宙的荒茫，
在一个又一个星球留下了车迹。

历经最遥远的距离，
才能到达你自己。
历经最艰难的练习，
才能发出至纯的单音。

远游的人要敲遍陌生人的门，
才能来到自己的家里。
人要游遍大千世界，
才能到达最神圣的心底。

我举目上下寻觅，
最终双目紧闭，口吐真谛：
“你原来就在这里！”

我的寻问和呼喊“啊，你到底在哪里？”

都化作了铺天盖地的泪雨。
它们与你排山倒海的保证“我就在这里！”
汇合在一起，淹没了乾坤天地！

本诗大意：人初生时就是真诚快乐的，但都不满足于此，都想四处寻觅，以为有更好的人生。经历了起起落落、风风雨雨之后，人才领悟到，当初的本心才是人生的真谛，当初的真诚和快乐才是人生的最高境界。

依次注释：

1. 旅程：是用一生来探求生命真谛的旅程，心走遍了宇宙，走遍了大千世界。

2. 晨光车辇：指晨光做成的马车，唯如此方能游历宇宙。

3. 穿越宇宙的荒茫：意味着穿行了宇宙也没有找到想要的答案，心依然一片茫然，灵魂依然无处安放。

4. 至纯的单音：指“唵”，代表无穷的智慧和精神力量，是最高最尊的存在。

5. 远游的人：指四处探寻生命真谛、追求灵魂纯洁的人。

6. 陌生人的门：比喻生命或人生免不了遭遇种种困惑不解和隔阂，需要经历过它们才懂得生命的真谛所在。泰戈尔喜欢用窗口、家门、墙壁等来代表两种不同状态或心态的界面。

7. 最神圣的心底：纯洁而永恒的灵魂，历经种种磨难、满世界求索，才能明白纯洁灵魂的所在。

8. 你原来就在这里：指历尽千辛万苦寻找的生命真谛其实就一直在自己的心里。“你”就是指苦苦追寻的东西，即生命真谛。

13

我要唱的歌直到今天还未唱出，
我每天都在把琴弦调来调去。

唱歌的时机总是不成熟，
歌词总是定不下来，
我心里只有期盼的痛苦。

鲜花一直没有吐露，
只有风儿在身边低诉。

我没看见过他的面目，
也没听见过他的声音，
只听见他轻轻的脚步声，
走过我家门前的路。

漫长的一天
打发在地板上把他的坐席摆布，
但灯火还未点燃，
不能邀请他进入我的家里。

我在相会的期盼中苦度，

却总不能与他会晤。

本诗大意：我向往纯洁的神（世界），却因为自己的灵魂不纯洁而无法得到神的青睐，无法与神相会。

依次注释：

1. 歌：指“我”心中向往的纯洁、自由快乐等等。

2. 未唱出：寓意灵魂还没有自由快乐，还不纯洁，无法与神融合，无法与世界融合。

3. 琴弦调来调去、歌词总是定不下来：寓意灵魂在挣扎，希望能从物欲、贪念的不纯洁中摆脱出来，能实现自由快乐。

4. 鲜花一直没有吐露：寓意自由快乐还没实现。泰戈尔总是以小鸟飞翔、鲜花盛开、瀑布倾泻、河流奔腾等来表达生命的自由快乐和圆满。

5. 脚步声：寓意在心中感受到了神，但还没有得到神的旨意，即灵魂还未纯洁。

6. 灯火：象征心中的光明、灵魂的正确方向。灯火未点燃意味着心中尚无光明，即灵魂还未纯洁，因为无法得到神的青睐，神不会来。

14

我的欲望有很多，
我的哭求让人怜悯。
但你总是用狠心的拒绝来拯救我，
这狠心的仁慈已渗透了我整个生命。

你让我一天比一天更配得上单纯而伟大的礼品：
天空，阳光，身体，生命，心灵。
这些礼物我没有索要你就给予了我，
它们救我于贪欲的险境。

有时我疲惫地徘徊，
有时我又清醒，
急匆匆地寻找我的目标。
但你却狠心地在我面前把自己藏隐。

你时不时地拒绝我，
救我于无力无常的欲望险境。
你就这样让我一天比一天
更值得被你完全受领。

本诗大意：我现在无法摆脱世俗的贪婪，但我始终向往纯洁的神，神也一直在拯救我，我的灵魂会纯洁，会让神接受我的。

依次注释：

1. 欲望：指物欲、贪欲，它们阻挡了对纯洁灵魂的追求。

2. 哭求：指对物欲的索求。

3. 拒绝：贪婪必然被神拒绝，神用拒绝来拯救“我”，让“我”明白必须去掉贪欲才能得到纯洁，拒绝“我”是为“我”好，因此拒绝就是仁慈。

4. 单纯而伟大的礼品：指世界万物，实际上就是神，就是神的显现，即天空、阳光、躯体、生命、心灵等等。神主动给了“我”礼物，“我”理应好好享受其美好，融入其中，但“我”却沉迷在贪婪中，无法领会这世界的美妙。

5. 徘徊：指对贪欲的流连，不忍离去。

6. 清醒：指抛弃贪欲、追求心中的目标，即纯洁。

7. 藏隐：指神、纯洁不是那么轻易得到的，需要反复磨砺才行。

8. 无力无常：指荣华富贵、功名利禄、权势等如同过眼云烟，终将散尽。

15

我在这里为你唱歌，
你宫殿的角落有我的座席。

在你的世界里我无所事事，
我的生命不再有什么实用价值，
它只需唱出没有目的的歌曲。
在午夜黑暗的庙宇，

当向你默默敬拜的钟声敲起，
我的主人，请命令我起立，
在你面前颂唱一曲。

早晨空气清怡，
当金色的琴调好时，
请给我宠赐，
命令我出现在这里。

本诗大意：我摆脱了物欲，融入了世界，享受着生命的自由快乐。神啊，世界啊，请多多赐予我自由快乐吧。

依次注释：

1. 你：指神或世界。为“你”唱歌的寓意是“我”灵魂纯洁了，得到了自由快乐，“我”把自由快乐奉献给神，回报给神，因为自由快乐是神赐予的。

2. 没有目的：指没有物质性、功用性的目的，说白了就是没有尘世的物欲。

3. 主人：也就是“我”的神。

4. 金色的琴：比喻晨曦中的世界。

16

有了这个世界节日的请柬，
我的生命也就得到了祝福。
这节日我的眼睛已经看见，
我的耳朵也已经听见。

在这节日盛会中我的角色是弹琴，
我已经尽我所能进行了表演。

现在我敢问，
那一刻是否终于出现？
我可否进去仰视你的容颜，
把默默的敬意呈献？

本诗大意：我的灵魂享受过人间的幸福和快乐了，现在我的灵魂能去到那美好的世界了吗？什么时候我的灵魂才能永远和神在一起？

依次注释：

1. 这个世界：指人间，也可理解为大自然。

2. 得到了祝福：指“我”得到了人世间的祝福，过得很快乐，也可以理解为大自然以其快乐来祝福“我”。

3. 看见、听见：指感受到人世间的幸福快乐，也可理解为看见和听见了大自然的快乐和美好。

4. 弹琴、表演：指参与到人间的自由快乐盛会中去，也可理解为参与到大自然的盛会中，与万物产生共鸣。

5. 那一刻：指“我”的灵魂和神（大自然、世界）永远在一起的时刻。

17

我只为爱而等待，
只为最终把自己交到他的手上。
这就是为什么我等得这么漫长，
这就是为什么我因不顺从而有负罪感。

他们用世俗规约想把我紧紧捆绑，
而我总是躲开。
我只为爱而等待，
只为最终把自己交到他的手上。

人们责备我，指责我什么都不放在心上，
我承认他们的指责很正当。

白天的集市已经结束，
活儿已干完，人们不再繁忙。
来叫唤我的那些人依然白费劲，
他们转头回去，怒火满腔。
我只为爱而等待，
只为最终把自己交到他的手上。

本诗大意：我一心向往神，向往纯洁的世界，哪怕世人不理解，我也不改初心，尘世的贪欲和陋习都不在我眼里。诗的表面是一种愧疚和负罪感，但内心却充满了自豪和骄傲。

依次注释：

1. 爱：指对神（世界）的爱。

2. 他：指泰戈尔心中的神，也就是世界。

3. 负罪感："我"没有听从世人的安排，受大家指责而产生的负罪感。也就是"我"抗拒尘世的物欲和陈规陋习，心中不安。表面是歉意，实则是骄傲的宣言，因等待纯洁的神之爱而骄傲。

4. 他们：指沉沦于世俗尘欲、墨守成规的芸芸众生。

5. 世俗规约：指追逐功名利禄、权势、社会地位等。

6. 不放在心上：指对世俗不闻不问。

7. 集市：比喻物欲和贪婪。

8. 活儿：指物质性的工作，即买卖商品、赢取荣华富贵的工作。

9. 叫唤我：指人们让我加入他们的队伍，回到世俗去追求功名利禄。

18

乌云一层叠着一层，
天空笼罩着阴沉。
啊，爱，为什么你让我在门外独自苦等？

在中午工作的繁忙时分，
我可以和人们结对成群。
但在阴沉孤独的今天，
我只盼望你一人。

假如见不到你的面容，
假如你完全拒绝我进门，
我不知道该如何度过这漫长的阴雨时分。

我凝望着远处天际的阴沉，
心随着躁动的风在彷徨悲吟。

本诗大意：我在尘世中沉沦，因此我爱的神不让我进入他的纯洁世界。我在尘欲和解脱中摇摆挣扎，陷入了极度的痛苦中。

依次注释：

1. 乌云：本诗的云雨天气、黑暗、昏暗等既寓意“我”

沉闷、抑郁、烦躁的心情，也比喻贪婪、没有心灵快乐的尘世。

2. 爱：指神给予的大爱，也就是纯洁、真善美、和谐统一。它迟迟不来，也就是“我”灵魂还不纯洁，所以得不到神的爱。爱也可以理解为爱人，即神。

3. 你：指“我”向往的神，也就是世界。

4. 工作：指在尘世中博取功名利禄和荣华富贵。“我”工作意味着“我”还有物欲，还有贪婪，这就是神不爱“我”、不接受“我”的原因。

5. 面容：指神的出现，即自由快乐。

19

假如你不言不语，
我就用你的静默来充实我的心，
我就这样坚持下去。
我要保持静止并等待着，
就像星星守护着的黑夜
耐心地把头垂低。

黎明一定来仪，
黑暗终将消失。
你的声音将在金色的光芒里，
刺破天空，倾泻而至。

那时你的话语
将从我每一个鸟巢的歌声中展翅，
那时你的歌声
将怒放在我所有的树林里。

本诗大意：我还不够纯洁，得不到神的青睐，但我不放弃，有耐心坚持下去。我的灵魂总会纯洁，那时就会和神在一起享受自由快乐。

依次注释：

1. 不言不语：指神对“我”不接受，也就是“我”灵魂还不纯洁，还需要磨练，直至灵魂纯洁，能与神交流。

2. 你的静默：指神无欲无求。

3. 声音、光芒：指神的爱表达出来。

4. 话语、歌声：指神的爱，具体地说就是爱、纯洁、自由快乐、真善美、和谐统一。

5. 鸟巢、树林：比喻“我”的世界，由于神的到来，“我”的世界充满了自由快乐。也可以理解为“我”的世界就是神的世界，两者合二为一了。

20

莲花盛开的那一天，
唉，我的灵魂却在迷失，
而我毫无所知。
我的花篮是空的，
莲花我都没有去留意。

唯有悲伤偶尔来袭，
令我从梦中惊起，
感觉到了南风中奇异芬芳的香迹。

这朦胧的香气，
让我渴望得心痛不已。
那香气仿佛是夏天的热切呼吸，
在寻求它的圆满结局。

那时我不知道它与我近在咫尺，
不知道它就是我的，
更不知道这完美的香甜，
曾经盛开在我的心底。

本诗大意：自由快乐（即美好的世界）就在我眼前，而我却不自知，孩童时的自由快乐也都完全遗忘了。

依次注释：

1. 莲花：象征神，象征纯洁。莲花盛开比喻神的到来，即世界充满了自由快乐。

2. 花篮：比喻心。空花篮比喻心是空的，没有纯洁和快乐来充实。

3. 梦：指“我”处于贪欲的浑浑噩噩中，仿佛是梦游。从梦中惊起指从贪欲中醒悟过来。

4. 南风：温暖和焕发出生命的风，比喻神。

5. 奇异芬芳：指神的爱。

6. 热切呼吸：指生命在怒放，夏天是生命竞相怒放的时节。

7. 圆满：指生命的圆满结束，圆满结束意味着无穷无尽、永恒，意味着与神、与世界融为一体。

8. 完美的香甜：指彻底的纯洁和快乐，等同于神。

21

我必须要划船过河了，
时光都已经虚度在了这边的岸上。
唉，我竟然是这样！

春天盛开过后已经离去，
现在我只能与成堆无用的落红相伴，
等待又彷徨。

河水的浪涛声越来越响，
黄叶凋落在岸边的林阴道上。

你凝视的是一片空荡荡！
对岸远处的歌声在飘扬，
从空中传了过来，
你竟然没有感到振奋激昂？

本诗大意：我在贪婪的世界虚度太久了，是时候投奔纯洁的世界了。

依次注释：

1. 划船过河：指从贪欲的此岸到纯洁的彼岸。

2. 虚度：指在贪欲中沉沦。

3. 岸：泰戈尔常用岸表示边界，此岸与彼岸分别代表贪婪世界和纯洁世界。

4. 浪涛：比喻迈向纯洁之路的艰难。

5. 黄叶：比喻贪婪是短命的，终将消亡。

6. 空荡荡：指一无所有，也就是没有快乐自由。

22

多雨的七月一片沉阴，
你迈着隐蔽的脚步在行进，
如同黑夜般寂静，
避开了所有的守夜人。

今天，早晨闭上了眼睛，
不理会东风连连怒吼的声音。
有一层厚厚的雨屏，
遮住了蓝天一贯的清醒。

树林的歌声都已消停，
家家户户都关上了门。
街上空无一人，
唯有你独自前行。
啊，我唯一的朋友，我最爱的人，
我家已打开了所有的门，
你可不要像梦一样飘过不进门。

本诗大意：世界是多面性的，有风风雨雨，有黑暗，但神依然存在，依然主宰着世界。我爱他，渴望和他在一起。

依次注释：

1. 多雨：七、八月份是印度的雨季。本诗的风风雨雨、阴沉等表达了世界的另一面，它们与鸟语花香、晴空万里一样，都是世界多面性的表现，多面组成了一个和谐统一的世界整体，而神是多面性、是世界整体的主宰。

2. 关上了门：指人类接受不了世界风风雨雨、黑暗的一面，与世界有隔阂，也就是人类还有贪欲，无法与世界融为一体。

3. 我唯一的朋友、我最爱的人：指神。

4. 我家：指我的精神世界、我的灵魂。

5. 所有的门：比喻人的灵魂有多个（重）门。多个门都打开意味着彻底敞开心扉。

23

今夜风暴雨骤，
你还在外面爱的旅途上吗，
我的朋友？
天空就像个绝望的人在哀吼。

今夜我无眠一宿，
不断地打开门望向黑暗，
我的朋友！

我的眼前什么都看不见，
可我想知道你的路在哪一头！

你沿着什么样的河水墨黑的昏暗河岸走？
沿着什么样的遥远、层层叠叠的林边走？
穿过什么样的昏暗、迂回曲折的深处？
你是从那里把你的爱之路连接到我身边的吗，
我的朋友？

本诗大意：神（世界）是爱我的，虽然那爱很隐秘，无法轻易得到，但我相信我会变纯洁，神会把爱赐予我，我对神的爱充满了渴望。

依次注释:

1. 爱的旅途：指神（世界）永远在爱的旅途中。“世界因爱而生，由爱而存，向爱而行，入爱而止”，世界（神）永远在创造和传播爱的路上。

2. 你、我的朋友：指神（世界）。

3. 望向黑暗：指“我”对神（世界）的期盼。

4. 想知道：指“我”想知道神（世界）如何才能找到“我”，把爱给予“我”。表达了“我”对神之爱的渴望。

5. 昏暗河岸、林边、曲折的深处：表达了神的爱隐秘，无法轻易得到，灵魂纯洁了才能得到。

24

假如白天已尽，
假如鸟儿不再唱吟，
假如风儿也已疲惫无力，
就请你拉下厚厚的黑幕把我盖紧，
如同黄昏时你把大地裹进你的床衾，
再把睡莲的花瓣轻轻拢并。

远行人的旅途还没有结束，
但他的粮草已尽，
衣服破烂，都是灰尘，
浑身的气力也已耗尽。
请你为他解除窘迫和困境，
把他揽入你黑夜的温馨，
让他像花儿一样重新焕发生命。

本诗大意：生命是需要休息的，除非到达终点，休息是为了更好地实现生命。

依次注释：

1. 白天：指生命绽放的时候。白天结束意味着生命运动了一天，应该休息了。

2. 远行人：指四处探寻生命真谛、追求灵魂纯洁的人。

3. 旅途：指追求灵魂纯洁的旅途。

4. 窘迫和困境：指衣衫褴褛和腹中空空。解除窘迫和困境指神降下夜幕，让远行的人得以休整。

25

在这困倦的夜里，
就让我不再硬撑，睡去吧，
对我的照顾就拜托给你。

不要让精神疲倦的我，
勉强为你准备一个敷衍了事的拜礼。

是你用夜幕盖住了白天疲乏的眼睛，
又以更新鲜的快乐把它唤起，
让它换上新的景致。

本诗大意：生命在白天盛开了一天，累了，不要再强撑了，该休息了。黑夜会让生命得到很好的休息，让它以新的活力迎接新的一天。

依次注释：

1. 照顾：神会照顾好“我”，让“我”在夜里得到很好的休息，给“我”注入新的活力，让“我”第二天焕发出新的生命。

2. 夜幕：泰戈尔常用黑夜来比喻生命和光明在孕育。

3. 更新鲜的快乐：日子每一天都是新的，每天都有新的惊喜。

26

他走过来坐在我身边，
而我竟然沉睡不醒。
多么可恶的睡眠，
啊，我多么可怜！

他在静夜中来到了我身边，
双手拨动着琴弦，
我的梦和这琴声共舞翩跹。

唉，为什么每个黑夜都是这样虚度？
啊，为什么他的呼吸已经碰到了我的睡眠，
可我总是见不到他一面？

本诗大意：我渴望见到神，但我不纯洁，所以无法见到。心不纯，则无法感悟到世界的纯洁和快乐。

依次注释：

1. 他：指“我”的神。神来了，“我”却沉睡不醒（寓意沉迷在贪欲中），意味着“我”与神还不能结合，也就是“我”的灵魂还未纯洁。

2. 静夜：比喻为纯洁的时候，即神出现的时候。

3. 共舞翩跹：在梦里与神共舞共鸣，说明“我”和神是有共同点的，只是现实中灵魂尚未纯洁，无法感悟到神的存在，只能在梦里感受得到，在梦里“我”和神是两厢情愿的。

4. 虚度：神来了，就在眼前，而“我”却感受不到，所以虚度了。

27

灯光，啊，灯光在哪里？
快用燃烧的渴望之火把它点亮！

灯在这里，但没有半点闪光。
这就是你的命？我的心？
啊，那你还不如干脆灭亡！

苦难在敲着你的门，
她传话说你的主人没有入眠，
他叫你穿过黑夜奔赴爱的幽会地方。

天空布满了阴沉的云帐，
雨一直下个不停。
我不知道是什么在我心里激荡，
我不知道它的含义是什么。

刹那间的闪电之光，
让我的眼前更加阴暗。
我的心探着前路，
走向夜的歌声召唤我的地方。

灯光，啊，灯光在哪里！

快用燃烧的渴望之火把它点亮！
电闪雷鸣，风在空中呼啸，
夜像黑石一样漆黑无光。
不要让时间在黑暗中流走，
快用你的生命把爱之灯点亮。

本诗大意：纯洁的灵魂啊，我何时才能得到你？神已经等不及了，我也按捺不住了，我要用整个生命换取纯洁的灵魂。

依次注释：

1. 灯光：指心中的光明，也就是神（世界）给予的爱以及“我”对神（世界）的爱，这都需要以灵魂纯洁、走出狭隘的自我为前提。

2. 渴望之火：指对神的热切渴望。

3. 灯：指心、灵魂，灯不亮即灵魂不纯洁。

4. 你的命、我的心、你：三者都指“我”的心。

5. 苦难：指神的信使。神将“苦难”施加于“我”，让“我”经受磨砺，以净化灵魂。

6. 你的门：指“我”的心门。泰戈尔作品中门往往指代隔阂，有门意味着“我”的心与神（世界）有隔阂，不为神所容。

7. 主人：即“我”的神。

8. 爱的幽会地方：指与神见面的地方，那是充满了爱、纯洁和自由快乐的所在，也就是世界。天气虽然恶劣，但神依然想着“我”，“我”依然向往神。本诗集中多处以坏天气来反衬“我”对神的极度渴望。

9.“含义”句：意思是“我”对新世界一无所知，所以“我”虽然因向往而激动，但确实不明就里。

10. 夜的歌声：指神的爱。

11. 你的生命：指“我”自己的生命，“我”要用全部的生命来净化灵魂。

28

尘世间的各种牢笼顽固不化，
我想打破它们却又心痛牵挂。

我唯一渴望的是自由之花，
但这样的渴望却让我惭愧有加。

我深知你有宝物无价，
你也是我最好的朋友，
但我却不愿扔掉这满屋的浮华。

披在我身上的是尘土和死亡的寿衣，
我恨它却又爱它，抱紧它。

我负债累累，失败巨大，
我的羞耻隐秘而深重。
我来祈福却心里发抖害怕，
害怕我的祈福被你接纳。

本诗大意：我陷于尘世的贪欲难以自拔，罪孽深重。我渴望纯洁、自由和快乐，但又舍不得物质财富、富贵荣华。即使这样我竟然还想得到神的祝福，这真叫我羞愧万分，无地自容。

依次注释：

1. 牢笼：指物欲、贪婪等尘世观念和行为的束缚，“我”被困在里面。

2. 心痛：指在尘世待久了，要冲破它的牢笼自然而然有些舍不得，所以有心痛感。谦辞而已，实际上迫不及待地想解脱。

3. 惭愧：指在尘世待久了，习惯了，现在却要离开，觉得愧对它。谦辞而已，实际上迫不及待地想解脱。

4. 宝物无价：指纯洁的灵魂，它在神那里。

5. 你：指神。

6. 浮华：指物质财富，比喻物欲和贪婪。

7. 寿衣：指自私、贪婪、傲慢、不纯洁，它们像寿衣一样包裹着“我”，让“我”如同行尸走肉。“我”恨它，但已经习惯于它了，所以又想拥有它。

8. 负债：指灵魂不纯洁，越贪婪则欠纯洁灵魂的债越多。

9. 失败巨大：指灵魂被贪婪打败。

10. 羞耻：指因贪婪而远离纯洁，因而感到羞耻。这种羞耻感深藏心中，不敢告人，越发沉重。

11. 祈福：指“我”虽然陷入了贪婪，但还是心存幻想，以为神会原谅和保佑“我”。

12. 发抖：指害怕神会答应“我”的祈福而发抖。“我”孽障深重，万一圣洁的神接纳“我”的话，“我”的罪过就更大了，所以“我”发抖害怕。这是自我谴责之意。

29

他被我用我的名字关在这个牢笼里，
一直在牢笼里恸哭着。
我忙着修筑牢笼的四面围墙，
但随着围墙一天天地伸向天空，
在围墙的黑暗阴影里，
我再也看不到真正的我。

我以这堵高大的围墙自豪，
并用灰浆把它严实地涂抹，
以免我的名字里留有细小的墙缝。
我对牢笼精心地呵护着，
却再也看不到真正的我。

本诗大意：我日益沉迷于贪欲，只顾着自己的荣华富贵，心中再无纯洁，无视神和外面美好的世界，与外面世界毫无联系，失去了自由和快乐。而与世界相连和自由快乐才是真正的我。

依次注释：

1. 牢笼：指心的牢笼、贪婪所在的地方，即物欲横流的尘世。

2. 他、我、我的名字、真正的我：“他”指“我”的灵魂；“我”指抽象和笼统的“我”，既包括了这四个“我”，也可切换为其他三个中的一个；“我的名字”指徒有虚名的“我”，即陷于尘世贪欲的“我”；“真正的我”指追求纯洁、追求神的“真我”。

3. 恸哭：灵魂想出去与神在一起，却被关起来了，因而悲伤哭泣。实际上虽然“我”日益沉迷于物欲和贪婪，但内心深处还向往着纯洁。

4. 围墙：修建围墙是指把自己与世界隔绝开来，即沉迷在自己的私欲贪欲中，对世界不理不睬，失去了本应有的与世界的联系和自由快乐。

5. 看不到：指“我”在贪婪中越陷越深，无法自拔，也就看不见追求灵魂纯洁的“真我”了。

6. 涂抹：把围墙抹得严严实实的。意思是“我”的贪欲不断加深，彻底断绝了与神、与世界的联系。

30

我独自出门去幽会，
可幽暗中跟着我的这家伙是谁？

我左躲右闪想甩掉他，
但他竟然能如影相随。

他昂首阔步搅得尘土纷飞，
我一说话他就大喊大叫来插嘴。

原来他是我本人的小我，
我的主人，他真是不知羞愧。
可我竟让他作陪，
来到了你的门口，
这叫我如何不羞愧。

本诗大意：我向往纯洁的神，可我并不纯洁，这叫我如何去见神！

依次注释：

1. 幽会：和神相会。这是一厢情愿的，注定不会成功的，因为“我”还不纯洁，还没根除“小我”。

2. 昂首阔步：“小我”自我感觉良好，处处张扬，趾高气扬。这既是泰戈尔的自我调侃，也是讽刺那些贪婪自私、傲慢的人。

3. 小我：指自私自利、贪婪攫取物质财富的我。泰戈尔把人分为小我和真我，小我沉迷于物欲世界，与外面的世界隔绝；真我则鄙视物欲，追求灵魂的纯洁，追求与世界的和谐统一，即与神在一起。

4. 我的主人：指“我”的神。

31

“告诉我，囚徒，
是谁把你锁住？”

“是我的主人，”囚徒脱口而出，
“我曾以为用财富和权力能把世界征服，
我把本属于国王的钱财攒到了我的财宝屋。
我因为困倦睡在了我主人的床铺，
醒来时发现我自己成了囚徒，
就在我自己的财宝屋。”

“告诉我，囚徒，
是谁把这条铁箍打造得这么坚固？”

“是我，”囚徒继续诉苦，
“我精心打造了这条铁箍。
我以为我无敌的权力会把世界征服，
让我安静地享受自由幸福，
因此我不分昼夜地劳苦，
又是猛火又是重锤来锻铸。
等到活儿终于结束，
铁箍完美坚固，

我才发现我被它牢牢捆住。”

本诗大意：我贪婪成性，想把世界的财富都收为己有，但最终发现我被权力和财富捆住了，并没有得到我原以为会有的自由和幸福。

依次注释：

1. 囚徒：指被贪婪捆住的人。沉迷于物欲和权欲则无法得到纯洁的灵魂，无法与神、与世界融为一体，也就没有自由快乐可言。

2. 我的主人：指神。下文的国王也是指神。

3. 财宝屋：比喻“我”贪婪自私的狭小世界。世界是神创造的，一切都属于神，包括金银财宝之类的物质财富和权力。神造人是让人追求爱和自由快乐，而不是追逐财富和权力。

4. 床铺：指神休息的所在，即灵魂纯洁的深处。既想拥有财富和权力，又想拥抱自由快乐，只有在睡梦里才有这等好事了！结局当然是被神厌恶，被锁在物欲横流的财宝屋了。

5. 坚固：指深陷于物欲而无法自拔。

6. 锻铸：比喻囚徒拼命攫取物质财富，以为有了权力和财富就可以得到自由快乐与幸福。

7. 捆住：指被物欲完全困住无法解脱，无法得到自由快乐。

32

尘世间那些爱我的人，
想尽各种办法把我紧紧拉拽。
而你的爱反过来，
比他们的爱宽广得多：
你让我自由自在。

他们从来不敢让我独自走开，
生怕我把他们忘怀。
可日子一天天地过去，
你却还没有到来。

即使我在祈祷中不呼唤你，
即使我不把你牢记在心怀，
你对我的爱依然在等待着我对你的爱。

本诗大意：尘世间的爱是对贪婪的爱，是狭隘的，令人窒息。而神的爱是对纯洁的爱，无比宽广，让我自由自在。

依次注释：

1. 拉拽：尘世的爱让“我”动弹不得，没有自由。
2. 你：指神。

3. 他们：既指和“我”相关的人群，也指各种贪婪、物欲。

4. 等待：神永远有耐心等着“我”净化灵魂，即使“我”沉迷于物欲，忘记了神。

33

白天他们走进了我家，说：
“我们只用最小的房间。”

他们说：“我们帮你准备给神做祭献，
只谦卑地领受他赐予我们自己的那份恩典。”
他们就在角落找座席坐下，安静又温谦。

黑夜里我却发现，
他们强暴蛮横地冲进了我的神殿，
抢走了神坛祭品，邪恶又贪婪。

本诗大意：他们假惺惺说是帮助我，实际上却是掠夺我。

34

求你收留我的那一星半点儿，就一星半点儿，
好让我可以称呼你是我的全部。

求你收留我愿望的那一星半点儿，就一星半点儿，
好让我无论在哪里都可以感觉到你，
好让我无论有什么事都可以来到你的身边，
时时刻刻都可以把我的爱向你奉献。

求你收留我的那一星半点儿，就一星半点儿，
好让我绝不会把你藏而不现。

求你收留我锁链的那一星半点儿，就一星半点儿，
好让我与你的意愿紧紧地捆绑相连，
你的目的就会在我的生命中实现，
——这就是你爱的锁链。

本诗大意：我不敢奢望完全与神融合在一起，只求神收留我的一星半点儿，这样我就能与神厮守在一起，彼此不分离，神的爱就能传达给我，我就能实现神的爱。

依次注释：

1. 现：把神显现出来，即显现爱、纯洁、自由、快乐等。

2. 意愿、目的：指神希望“我”有爱、纯洁、自由、快乐等。

35

在那里，心无畏惧，头高高昂起。
在那里，知识可以自由获取。
在那里，世界没有因狭隘的闭关自守而分崩离析。
在那里，话语出自诚实。
在那里，永不疲倦的奋斗向着完美伸展手臂。
在那里，理性的清流不会在死气沉沉的沙漠中迷失。
在那里，你把心灵引向日渐开阔的思想与行动，
引向自由的天地。
我的神啊，请把我的国家唤起。

本诗大意：我心目中的理想社会、理想世界是这样的：人人平等，彼此真诚相待，没有隔阂，理性指引着前进的方向，我的国家焕然一新。

依次注释：

1. 那里：指理想中的社会（世界）。

2. 自由获取：在理想社会中人人都享有教育权，能自由获得知识。

3. 完美：指完美的社会。在理想的社会中人人自当发奋努力，让自己和社会更加圆满。

4. 理性的清流：指人和社会有理性，按着理性行事。

5. 死气沉沉的沙漠：指社会中各种不合理的、过时的制度和习俗。

36

我的主人，这是我对你的祈求：
铲除，铲除我心中贫困的根基。
赐我力量，让我轻松地承受悲和喜。
赐我力量，让我的爱在奉献中结出累累果实。
赐我力量，让我决不与穷人分隔，也决不向强权屈膝。
赐我力量，让我的心灵超越世俗琐事。
再赐我力量，让我的力量归顺于你充满着爱的旨意。

本诗大意：请求神给我力量，让我纯洁有爱，践行神的意愿。

依次注释：

1. 贫困：指精神上的贫困。铲除贫困根基就是铲除私欲和贪欲，没了它们，就有爱、纯洁、自由快乐了。

2. 决不与穷人分隔：即人人平等、彼此没有隔阂。泰戈尔提倡人人平等，反对种姓制度。

3. 琐事：指追逐荣华富贵和权力。神赐“我”纯洁，有大爱了，“我”也就有力量摆脱私欲和贪欲了。

37

在到达我力所能及的极限时，
我以为我的旅程就已经终结，
我以为前路已尽，粮草已绝，
该是时候去找个僻静处隐歇。

但我发现你的旨意在我身上并未泯灭，
老的歌词刚刚离开舌尖，
新的乐曲就从心里倾泻。
老路消失的地方，
展露出奇妙的新田野。

本诗大意：我的灵魂本能地往前行走，我以为就这样走到了尽头。但神的意愿一直在我心中，唤醒了我对爱、纯洁、自由快乐的追求，那真是个奇妙的世界，我要奔向它。

依次注释：

1. 旅程：指精神生命的旅程。“我”以为凭着自己的能力或力量，“我”的精神生命已经走到了尽头，灵魂该入土为安了。本诗其实指出了两种路，不仅仅是之前的灵魂如同行尸走肉的路，还包括之后灵魂要走的爱之路。

2. 你的旨意：指神对“我”爱的期望依然在“我”心

中，永不消失，“我”的精神生命将因此而得到重生，有爱，有纯洁，有自由快乐。

3. 老的歌词：指“我”之前的精神生命历程。下文的老路亦同义。

4. 新的乐曲：指神的旨意在“我”心中升腾、喷发，新的精神生命到来了。下文的新田野亦同义。

38

我要你，只要你，
我的心反反复复地说，
无穷无尽地说只要你。
日日夜夜让我分心的一切欲望，
都是虚假的，是彻底的空虚。

就像黑夜总把对光明的乞求藏在黑暗里，
我的呼喊也回响在我本性的深处，
那呼喊就是——“我要你，只要你。”

就像暴风雨用尽力量反抗静止，
却最终还是为了归于静止，
我反抗你的爱也是如此，
而且反抗的呼喊依然是——
“我要你，只要你。”

本诗大意：神啊，我爱你，只爱你。

依次注释：

1. 你：指“我”向往的神（世界），既指看得见的物质世界，更指这物质世界蕴含的爱、真善美、纯洁、自由快乐、和谐统一的永恒灵魂。

2. 虚假、空虚：指没有纯洁的灵魂，一切都是虚妄，尘世的贪欲就是虚假和空虚的。

3. 反抗：指陷于贪欲。贪欲是对神爱的反抗，“我”虽有贪欲，但本性是渴望神的，所以最终也还是要皈依于神。

39

当我的心焦枯和干硬，
请你幸临，带来仁慈的甘霖。

当我的生命失去福恩，
请你幸临，带来歌声如潮涌。

当喧嚣的工作处处传出噪声，
把我与外面的世界分隔开，
我静默的主，请带来你的休息和宁静。

当我乞求的心蜷缩地坐着，
在一个角落里紧闭心门，
我的国王，请你破门而入，
带来国王的德行。

当欲望用虚幻和灰尘蒙住我的心灵，
啊，你，神圣的主，清醒的主，
请带来你的电闪雷鸣。

本诗大意：我沦落于贪欲无法自拔，神啊，快来救我吧，用你的爱，用你的自由快乐把我唤醒。

依次注释：

1. 焦枯和干硬：指心因缺乏爱而焦枯和干硬，也就是极度渴望得到神的爱。

2. 歌：比喻爱、纯洁和自由快乐等。

3. 喧嚣、噪声：指尘世中的贪欲。

4. 休息和宁静：指心灵得到解放，得到自由快乐。泰戈尔常用静默、静止、宁静之类与尘世喧嚣对立的词语来形容他心目中的理想世界。工作指争权夺利的工作，休息指娱乐休闲，与名利无关，指投入世界的爱和自由快乐。

5. 带来国王的德行：即让“我”也有神一样的德行，即充满爱和自由快乐。

6. 虚幻：指贪欲是虚幻和虚假的，不是世界（神）的真正面目。世界的本真是爱，是自由快乐。

7. 你的电闪雷鸣：指用神的威力把“我”沉迷于贪欲的灵魂唤醒。

40

日子过了一天又一天，
可是我的神啊，
雨水总不来滋润我干涸的心田。
天边完全是光秃秃的一片，
没有一丝丝薄云流连，
没有一丝丝凉雨的迹象在远处浮现。

假如你有意愿，
就请送来狂风暴雨，
让它用死亡造成黑暗，
让漫天惊响闪电之鞭。

快召回，我的主，
快召回这弥漫而沉寂的炎热。
它纹丝不动，敏锐而凶残，
用彻底的绝望焚烧我的心田。

请让你恩泽的云朵从上面垂现，
就像那一天父亲狂怒时母亲泪流满面。

本诗大意：我正在经历贪欲的劫难，神啊，快来拯救我吧。

依次注释：

1. 雨水：比喻神的爱。下文的光秃秃，没有一丝丝薄云、凉雨的迹象等实际是隐喻心的旷漠、空虚、干涸，没有爱的迹象。

2. 狂风暴雨、闪电：比喻神的威力（即爱），它杀死“我”不洁的心灵，从而让“我”的灵魂得到新生。

3. 死亡、黑暗：死后才有新生，黑暗比喻孕育新生，也就是贪欲死去，纯洁来到。

4. 我的主：我的神。

5. 炎热：指不纯洁、贪欲炙热得让人窒息。

6. 彻底的绝望：指贪欲彻底霸占了“我”的灵魂，“我”彻底绝望了，无法变得纯洁了。

7. 恩泽：神给予凡人的恩典、爱。

8. 父亲、母亲：指神有凶狠、惩罚的一面，也有仁慈、博爱的一面。发怒和流泪都是因为爱。

41

我的爱人，你站在这群人背后的哪里？
是否躲在他们的阴影里？
他们推开你，
从你身旁尘土飞扬的路上走过去，
眼里根本没有你。
我在这里长时间疲惫地等你，
摆开献品来等你。
可是路人把我的花一朵一朵地拿去，
我几乎只剩下空篮一只。

上午已过去，中午已过去。
在暮色的昏暗里我睡眼朦胧想合闭。
回家的人们微笑地看着我，
让我感到羞耻。
我坐着，像个乞讨的少女，
拉上裙子遮住面子。
人们问我想要什么时，
我垂下眼睛没有搭理。

啊，我怎么可能告诉他们我在等你，
怎能告诉他们你已经答应要来这里。

我怎能羞耻地说出我要保留这样的赤贫作为陪嫁礼。
啊，我把这个骄傲裹藏在心底。

我坐在草地凝望天际，
梦想着你来临时那一瞬间的壮丽：
霞光万道，你的车上飘着金色的旌旗，
路人张口结舌，呆若木鸡，
看着你从车座走下来把我从尘土挽起。
坐在你身边的这个衣衫褴褛的女叫花子，
因羞耻和骄傲而颤栗，
就像蔓藤摇曳在夏日的微风里。

但岁月消逝，却听不到你车轮的声音。
一队队迎亲的队伍从我身边走了过去，
人声鼎沸，那喜庆氛围令人着迷。
是否只有你在他们所有人的背后静立在阴影里？
是否只有我在等待和哭泣，
心碎在徒劳的期盼里？

本诗大意：我的神，我在苦苦等待你的到来，可你为什么还不来？

依次注释：

1. 我的爱人：指神。

2. 阴影：比喻看不见。能不能“看见”神，取决于灵魂是否纯洁。看不见意味着那些人不纯洁，“我”也不纯洁，但他们不渴望纯洁，而“我”渴望。

3. 推开：推开神也就是不敬神、眼里没有神，这样的灵魂是不纯洁的。

4. 尘土飞扬的路：尘土飞扬意味着看不清前方，路指生命之路。隐喻因为贪婪让人失去正确的方向。

5. 花朵：指献给神的爱。

6. 羞耻：人们都忙忙碌碌，有自己的工作，为名利而奋斗。而“我”却什么都不做，苦苦地等着神的幸临，显得与众不同，因而自己感到羞耻。实质上这只是表达自己苦苦等待的心情，并无羞耻感，反而内心充满了骄傲。

7. 乞讨的少女：寓意“我”乞讨神的爱，苦苦盼望神早日到来。

8. 没有搭理：“我”不回答人们的疑问，因为世人不会理解我对神的爱。

9. 呆若木鸡：比喻世人对这样的爱不能理解。本节和第五节以世俗的婚嫁来比喻“我”要“嫁给”神，与神在一起的急切心情。

10. 羞耻和骄傲：因物质赤贫、衣衫褴褛而感到羞耻（谦辞而已），因得到神的爱而感到骄傲。

42

一大早人们就偷偷传言，
说我们要驾船出行，就我和你。
我们的畅游不去任何国家，永不停止，
世上不会有人听说过这样的神游。

在那无边无际的海洋里，
你微笑着，安静地听我唱歌。
我的歌声随着韵律飘起，
像海浪一样自由自在，
摆脱了所有言语的限制。

启航的时间还没到吗？
还有工作要做吗？
看啊，黄昏已经在海边降临，
在消退的夕阳中海鸟向着巢穴飞去。

有谁知道系船的链条何时才能解开，
我们的船何时才能像最后的一道晚霞，
消失在夜幕里？

本诗大意：我想去到自由快乐的世界，可我不纯洁，不能去。何时我才能纯洁、才能去到那里？

依次注释：

1. 出行：指遨游在神的世界。本诗第一、二节都只是“我”的憧憬而已，并未实现。

2. 海洋：比喻充满爱和自由快乐的世界。

3. 工作：指攫取名利的工作。两个问号都是“我”自己问自己，实际上就是“我”还在这样的工作状态当中，灵魂还没纯洁，所以去往纯洁世界的时间也就无法确定，船也就无法启航。

4. 巢穴：指休息，也可指生命的起源和自由快乐的根基。鸟儿要回巢睡觉了，你还要工作吗？意即丢掉追逐名利的工作，休息好，迎接爱和自由快乐。

5. 链条：追逐名利就意味着被链条拴住，驶向纯洁世界的船就无法开动。疑问句也是自己问自己的，只有自己纯洁了，船才会开。

6. 夜幕：既寓意休息，也寓意神的世界。

43

那天我并没有准备好把你恭迎，
而我的国王，你就像不请自来的凡人，
在我都还不知道时就进入了我的心灵。
你在我生命中的每一刻每一分，
都真真切切地签上了永生之印。

今天我偶然发现了这些生命时分，
看见了你的签印。
我发现它们已经散落于灰尘，
混杂着我已遗忘的平凡岁月的悲喜印痕。

你当初没有蔑视我孩童时在尘土中玩耍，
我那时在游戏房里听到的你的脚步声，
相当于现在回荡在群星中的声音。

本诗大意：我小时候有过纯真快乐，现在却只有在回忆中品尝了，但是神曾经给予过我的纯真快乐现在也一如既往地充溢在整个世界。

依次注释：

1. 那天：指“我”还是孩童的时候。“我”小时并不知道神（自由快乐）是谁，而神（自由快乐）却自己来到了“我”的心里，这自由快乐在“我”的生命里留下了不可磨灭的痕迹。孩童是纯真的，不刻意追求自由快乐，他本来就是自由快乐的，因此是和神在一起的。

2. 签上了永生之印：指爱、纯洁、真善美、自由快乐、和谐统一等，它们是世界的本真、灵魂，有了它们就得到永生，灵魂就永远不灭，所以是永生之印。

3. 今天：指“我”的现在，“我”现在失去了纯真快乐，陷于贪欲。

4. 平凡岁月：指单纯快乐的日子。无欲无求才能纯真和快乐，就如同孩童时一样。泰戈尔总是用平凡、卑微、弱小等词语来形容他心中的美好和伟大，在他看来，谦恭之至即为伟大之时。

5. 游戏房：指儿童玩耍的地方，寓意纯真快乐的世界，与下文的群星呼应。

6. 脚步声：指神，即纯真快乐。

7. 回荡：指纯真快乐充溢在世界、宇宙中，世界、宇宙的本质或灵魂就是爱、纯真快乐、和谐统一。

44

阴影追逐阳光，
雨水紧随着夏天倾降。
在路边等着观看这样的景象，
让我心花怒放。

信使们带着音信从神秘的天上下来，
向我打了招呼又沿路飞翔。
我心里暗自欢畅，
吹来的微风阵阵飘香。

从早到晚我一直坐在这里，
坐在我的门前盼望。
我知道我一看见这样的景象，
幸福的时光就会立刻来到我的心房。

现在，我独自微笑和歌唱，
现在，空气充满承诺的芬芳。

本诗大意：我爱这和谐美好的世界，神（世界）也派信使来传话，说他会来和我在一起。我就坐在门前期盼，高兴得又笑又唱，连空气都是香的。

依次注释:

1. 信使：指传播爱、自由快乐的事物，例如阳光、白云、花朵，带着音信从天上飞来，送来了神的爱，“我”收到了，因此满心欢喜。

2. 承诺：神已经派信使告诉“我”他要来，“我”相信神会信守诺言来到“我”心里，所以充满着喜悦的期盼，感觉空气都是芳香的。

45

你没有听到他静静的脚步声吗?
他来了，来了，他一直在走过来。

每分每秒，每日每夜，每一个年代，
他都在走来，走来，一直走来。

在不同的心情我唱过不同的歌，
但每一个音符都在告白：
“他来了，来了，他一直在走过来。”

在四月阳光明媚的芳香日子里，
他从林中小路走来，走来，一直走来。

在七月淫雨靡靡的黑夜里，
他乘着轰鸣的云辇走来，走来，一直走来。

在悲伤一个接着一个当中，
他的脚步在我心上踏踩。
正是他双脚黄金般的触碰，
让我的快乐放出光彩。

本诗大意：我的灵魂不断地经受历练，逐渐得到净化，我要不断追求纯洁的灵魂，纯洁、自由快乐正在一步步向我走来。

依次注释：

1. 静静的脚步声：指神在悄悄地进入“我”的灵魂，犹如润物细无声。

2. 心情：不同的心情指灵魂有不同的状态，有纯洁的时候，也有贪婪的时候。但即使在贪婪时，灵魂依然是向往纯洁的。

3. 林中小路：森林是印度传统文明的来源，因此林中小路比喻纯洁灵魂的来源。

4. 轰鸣：电闪雷鸣，指神的力量能摧毁贪婪，也可参见第 39 首的解释。

5. 悲伤：深爱才会有悲伤，悲伤是爱的一面。神因爱“我”而悲伤，为“我”的不纯洁而悲伤。

46

我不知道从什么样的遥远时代，
你就一直越来越近地走来，要与我相遇，
你的太阳和星辰无法永远把你从我的眼前藏起。

朝朝夕夕，我都能听见你脚步的声音，
朝朝夕夕，你的信使都来到我的心里，
悄悄地把我呼唤。

我不知道为什么只有今天我的生命才完全苏醒，
快乐得发抖的感觉流过我的心里。

这就好像是我的工作到了结束之时，
我在空中闻到了你光临的一缕幽幽香气。

本诗大意：神一直爱着我，而我也一直爱着他。我盼着早日摆脱贪婪，早日能和他在一起。

注释：

遥远时代：指神开始创造世界的那一刻。神是因为爱而创造世界的，从创造的那一刻起，神就播撒着爱、真善美、自由和快乐。从创造的那一刻起，神就一直向我走来。

47

黑夜就要过去，
我还在徒劳地苦等着他，
还生怕清晨我倦睡时，
他突然来到我的门口。
啊，朋友们，给他留着路，
不要阻挡他进到家里。

假如他的脚步声没有唤醒我，
求你们千万不要把我唤起。
我不想在沉睡中被鸟群聒噪的合唱，
被晨曦欢庆中喧嚣的风声唤起。
让我不受打扰地睡吧，
即使我的主人突然来到了门口。

啊，我的睡眠，宝贵的睡眠，
只等他的触碰才会消失。
当他站在我的眼前，
就像梦从沉睡的黑暗浮现时，
我那闭上的眼睛啊，才会睁开，
迎着他微笑的光熙。

让他以第一道光辉和第一个形体，

出现在我的眼前。
让他眼睛的一瞥，
带给我灵魂觉醒的第一次快乐的颤栗。
让我对自己的回归，
立刻变成回归到他那里。

本诗大意：我谁都不要，谁都不要搭理我。我只要神，只要他来到我心里。我只要返璞归真，回到神那里。

依次注释：

1. 宝贵的睡眠：“我”能沉睡是难能可贵的，因为这样“我”就可以不必在意其他，就可以无欲无求、一心一意等着神来叫醒“我”了，“我”就可以和神在一起了。

2. 回归：指回归到自己的当初（孩童时），也就是回归爱、真善美、自由快乐。这是世界的本源，也是神的本源，因此这样的回归实际上就是回归到神那里。

48

寂静笼罩的清晨荡起了群鸟的鸣唱，
路边的鲜花都露出了快乐的模样，
云隙透射出片片金光。
而我们却匆匆赶路，无心观赏。

我们没有娱乐和欢唱，
也不去村子里做交易。
我们没有言笑，
没有逗留在路上。
我们不断地加快脚步，
因为时间在匆匆流淌。

太阳升到了天空顶上，
鸽子在树阴里咕咕地叫嚷。
落叶在炎热的中午飞舞飘荡，
牧童在榕树阴下瞌睡，进入了梦乡。
我自己躺在了水边上，
在草地摊开疲惫的四肢。

我的同伴们都鄙视地嘲笑我，
他们昂首迅步向前方，
永不回头，永不休息，

消失在遥远的蓝色苍茫。
他们跨越了很多草地和山岗，
穿越了陌生遥远的地方。
我向你们献上所有的荣光，
永无尽头的路上的英雄好汉！
嘲笑和谴责把我刺醒，
但我却发现我对此毫无反响。
我甘愿自暴自弃，
堕落在快乐的羞耻深处，
堕落在依稀快乐的阴暗地方。

太阳绣出的绿阴静谧，
慢慢地弥漫在我的心上，
我忘记了之前的旅行目的。
面对阴影和歌声的迷宫，
我的心毫无挣扎，主动投降。

终于，当我从睡眠中醒来睁开双眼时，
看见你站在了我的身旁，
用微笑把我的睡眠拥抱。
我曾经是多么害怕旅途疲劳漫长，
害怕要艰难地拼搏才能来到你的身旁！

本诗大意：我们只顾埋头赶路，何曾想过生命之路该如何走？生命的目的、真谛到底是什么？本诗带有嘲讽的味道，讽刺那些终日忙碌却不知为何忙碌的人。

依次注释：

1. 路：指忙忙碌碌的人生之路。我们忙于赶路，无暇无心欣赏美好的世界，这样的生命之路是狭隘的，迷失的，是与外面的世界隔绝的。

2. 交易：交易是工作的一部分。既不欢唱也不娱乐、不工作，那生命的目的和意义何在呢？这样忙忙碌碌的赶路岂不等同于无头苍蝇？

3. 荣光：这里是揶揄、调侃的语气，表面是敬众人是英雄好汉，实际是不屑于与他们一路：你们走你们的阳关大道，我走我的独木桥。

4. 嘲笑和谴责：指同伴（众人）嘲笑和谴责"我"停留不走、不合群，是孬种。而"我"已经有了自己的人生方向和道路了，所以不为所动。

5. 快乐的羞耻：众人都在忙忙碌碌，没有言笑和快乐，而"我"却独自偷欢，"我"觉得这样做"令人羞耻"，所以写成"快乐的羞耻"。

6. 忘记：世界的美好让"我"忘记了之前旅行的目的，与世界的美好在一起才是"我"旅行的目的。

7. 迷宫：指世界，它像迷宫一样充满了奇妙，深深地迷住了"我"。

8. 醒来：比喻之前的生命旅途都如同梦游，现在才觉醒。

9. 你：指神。停下脚步，欣赏世界的美，投入到美好的世界当中，神自然就出现了，因为神就是美好的世界。

49

你从王座走下来，
站在了我小屋的门口。

我在角落里独自唱歌，
歌声引起了你的注意，
你走下来站在了我小屋的门口。

你的宫殿有很多音乐大师，
时时刻刻都在那里施展歌喉。
但这位新手的朴素赞歌却触动了你的爱。
一首忧伤的小曲得以融入世界的大合唱，
让你拿着鲜花作为奖品，
走下来停在我小屋的门口。

本诗大意：我对神的向往终于得到了神的关注，也就是我的灵魂不断地在净化，离纯洁的世界越来越近了。

依次注释：

1. 王座：指神的宝座。神从宝座来到“我”的小屋，说明“我”向往纯洁的诚意和行动打动了神。

2. 门口：站在门口，没有进屋，说明神还未完全接受

“我”，“我”未完全纯洁。

3. 角落：比喻“我”的卑微。“我”很卑微，但却向往纯洁，因此神注意到了“我”。神不按贵贱，而是按纯洁与否来恩泽人类。

4. 宫殿：比喻神、世界。

5. 新手：指“我”。“我”正在跨入纯洁的世界，对于这个世界“我”是个新手。

6. 忧伤：比喻对神的思念和向往。

7. 奖品：泰戈尔对小花、小草、小鸟、小孩总是喜爱有加，认为它们是爱、纯洁、自由快乐的象征，因此赐花就是赐予爱、纯洁、自由快乐。

50

我走在乡村小道，
挨家挨户去乞讨。
这时你金色的车辇出现在远处，
如同华丽的梦蕉。
这万王之王是谁，我想知道！

我的希望陡然增高，
以为不幸的日子要结束了。
我站着等施舍，不用我讨要，
等着散落在尘土四周的财宝。

在我站着的地方金辇停下了，
你瞥了我一眼走下来，带着微笑，
我觉得生命的好运终于来到。
可你突然伸出右手说道，
“你可有什么东西要给我？”

啊，一个国王竟然开这样的玩笑，
向乞丐伸出手掌来乞讨！
我困惑不解地站着，莫名其妙，

从钱包慢慢掏出最小的一颗玉米粒向你献交。

但到了晚上我吓了一大跳。
我把袋子里的东西往地板上倒，
我往这堆不值钱的东西一瞧，
发现有一颗小小的金子在闪耀。
我难过地哭嚎，
要是我当时忍痛把全部的玉米都献给你多好。

本诗大意：贪婪者只会追逐物质财富，他们用财富来衡量一切，甚至衡量神。他们不懂纯洁、爱、自由、快乐，永远无法和神在一起，神也将他们彻底地抛弃。本诗为嘲讽诗，“我”代表贪欲者。

依次注释：

1. 万王之王：指神，他是世界（宇宙）统治者。

2. 微笑：指神此时心中是怀着喜悦的，以为“我”是纯洁的，充满爱的。

3. 开玩笑：“我”没听懂神的话，以为神在跟“我”开玩笑，所以困惑不解。这表明“我”对爱、纯洁、自由、快乐毫无知觉，是典型的追逐物欲的人。

4. 钱包：比喻财富。“我”拿出一粒最小的玉米粒，这不仅表明“我”是从商品交换的角度看待神，而且是个十足的吝啬鬼。

5. 金子：比喻物质财富。神知道“我”追逐物质财富，故满足“我”的贪欲。神看出“我”贪婪，故索性让“我”彻底贪婪，永远失去纯洁，失去爱，失去自由快乐。

6. 全部的玉米：要是“我”给了全部的玉米，“我”就肯定能得到更多的金子，比喻贪婪是没有止境的，得到越多越好。

51

夜已深，我们一天的工作已完成。
我们以为已经来了最后一位投宿的客人，
村里家家户户都已关上了门。
有人说国王要来，
但我们都大笑，说：“不，这不可能！”

好像有人在敲门，
但我们说那只不过是风声。
我们吹灭了灯，
躺下准备睡觉。
有人说：“是信使在敲门！”
但我们都大笑，说：“不，肯定是风声！”

深更半夜时传来一声巨响，
瞌睡中我们以为是远处的雷鸣。
地在摇，墙在动，
这响声干扰了我们的睡眠。
有人说是车轮声，
但我们昏昏欲睡地嘟哝：
“不，肯定是打雷的隆隆声。”

当鼓声响起时夜依然深沉，

喊叫声传来了："快起来，不得磨蹭！"
我们手按心口，害怕得直发抖。
有人说："瞧，是国王的王旗！"
我们站了起来，喊道："没时间磨蹭了！"

国王已经幸临，
但哪里有灯光？
哪里有花环？
哪里有王座请他来入座？
啊，丢人，真是太丢人！
哪里有宫殿？
哪里有饰品？
有人终于说："这样喊叫没用！
就用空空的双手来恭迎，
把他往你一无所有的空房领！"

打开门，吹响海螺！
深夜里我们黑暗沉寂之家的国王已幸临。
天空雷声轰鸣，
黑暗随着闪电发抖。
拿出你破烂的席子在院子里铺平，
我们恐怖之夜的国王已随着雷声突然幸临。

本诗大意：我们已经麻木于尘世的生活，心中已无神，不信有大爱，不信有纯洁。于是，等到神到来时，我们下意识只会想到用富丽堂皇的宫殿和场面来迎接。其实只要有颗爱心、纯洁之心就可以恭迎神了，其余一切物质繁华都没必要。

依次注释：

1. 国王：指神。

2. 这不可能：这一句表明除了极少数人，“我们”大部分人都沉迷于世俗和尘欲，对于爱、纯洁、自由快乐之类的事情已经麻木不仁了，所以都大笑了之。下面第二、三节的风声、雷声也是一样的寓意。

3. 信使：指神的信使。信使先来，意味着神后面要来。但是与第一节一样，大家都觉得这不可能。

4. 瞌睡：比喻众人灵魂的沉睡和麻木不仁。

5. 快起来：指让麻木和沉睡的灵魂苏醒起来。

6. 灯光、花环、王座、宫殿、饰品：众人认为迎接国王肯定需要这些金碧辉煌的东西，但这些都没有，所以众人觉得丢人。但是国王（神）并不需要这些，他只需要人们的爱、自由、快乐。

7. 一无所有：比喻国王（神）其实不需要物质，只需要爱、纯洁。众人中还是有纯洁者，他们懂得神需要什么，所以让众人把神领到空空如也、没有物质财富的地方去，只有那里才有爱，才是神该去的地方。

8. 家：指尘世。尘世没有爱、纯洁、自由快乐，所以是黑暗沉寂的。神到来的寓意是送来爱、纯洁、自由快乐。

9. 雷声、闪电：指神要摧毁尘世的贪念。

52

我想要你脖子上的玫瑰花环，
我应该向你讨要的，但又不敢。
于是我等到早上，想等你离开后，
到你的床上去找到一些花环碎片。
天一亮我就像乞丐一样来寻找，
只为那一两片掉落的花瓣。

唉，看我找到了什么？
你留下了爱的什么标签？
它不是花，不是香料，不是香水瓶。
它是你的神剑，
铮亮似火焰，沉重如雷电。
晨曦透过窗户洒在你的床上，
晨鸟叽叽喳喳地问：
“女人，你得到了什么物件？”
啊，它既不是花，也不是香料，不是香水瓶，
它是你那令人畏惧的神剑。

我坐着沉思，很想知道，
你这把剑是什么爱的标签。
我找不到地方把它藏好，

我羞于佩带这把神剑。
我是这么的脆弱，
把它按在胸口都会弄伤我。
但我心里要铭记这伤痛承载的恩典，
这恩典就是你的礼物神剑。

从现在起这世界再也不能令我害怕，
在我的一切冲突中，
胜利都将在你的这一边。
你把死亡留给了我的伴侣，
我要以我的生命给他加冕。
我要用神剑把种种束缚斩成碎片，
这世界不会再让我害怕。

从现在起我要抛弃一切零碎的装饰佩件。
我心灵的主人，
我不会再在角落里等待和哭泣，
我的举止不再羞怯，不再绵甜。
你已经把神剑给我作为佩件，
我不再需要花里胡哨的装饰物件！

本诗大意：我想得到神的爱，可又觉得不配。神却把爱给了我，有了神的爱，我将斩断贪欲，不再惧怕尘世的贪婪，神的爱将是我唯一的爱。

依次注释：

1. 花环：象征爱。要花环意味着“我”想得到神的爱，但“我”不敢，因为觉得自己还不配。

2. 花环碎片：比喻“我”不配得到整个花环，只想得到几片零落的花瓣就心满意足。本节写“我”对神虔诚、谦卑的渴望。

3. 剑：比喻神的力量（爱、纯洁、自由、快乐、和谐统一等真善美），它能摧毁贪婪，带来纯洁。

4. 花、香料、香水：花代表纯洁，香料和香水代表贪欲。神既不直接给“我”纯洁，也不让“我”继续沉沦在贪欲中，而是给了“我”神剑，让“我”自己斩断贪欲，奔向纯洁。

5. 这伤痛承载的恩典：泰戈尔把痛视为爱的一个方面，爱与痛是相互依存的，有爱才有痛，痛意味着爱。

6. 冲突：指纯洁与贪婪的冲突。由于神剑在手，冲突中肯定是神剑赢了，即纯洁战胜贪婪。

7. 伴侣：指神剑，即神剑消灭了一切纷争和冲突，也就是消灭了各种贪欲。

8. 加冕：指“我”不负神剑的期望，定让生命变得纯洁无瑕，以纯洁的生命为神剑增添光彩。

9. 装饰佩件：指“我”的种种物欲，是身外物，应该丢弃。

10. 等待、哭泣、羞怯、绵甜：指女性的特点，即受人摆布，逆来顺受，容易满足。有了神剑之后这一切都将得到改变，自己成为命运的主人。

53

好美啊你的手链，
用星星来装点，
还有五颜六色的珠宝来巧妙地镶嵌。
但我觉得更美的是你的闪电之剑，
弯弯的剑光像毗湿奴的神鸟展开翅膀，
在落日怒放的红霞中完美地闪现。

它闪动起来就像面对死亡最后一击时，
生命在极度痛苦的恍惚中的最后一抹留恋。
它闪耀起来就像精纯的火焰，
用一把熊熊的烈焰烧尽尘世的杂念。

好美啊你的手链，
这镶着闪闪珠星的手链。
但你的闪电之剑，
啊，这雷霆之主，它用最美来铸造，
看到它，想到它，都令人心惊胆战。

本诗大意：星空是美的，但最美的是神的闪电。它照亮天宇，能消灭尘世陈规陋习和贪念。

依次注释：

1. 手链：比喻夜空。夜空布满了星星，还有若隐若现的星云，在“我”看来就是神的手链，好美，令“我”向往。

2. 剑：指闪电，象征神的力量。

3. 毗湿奴：印度教三相神之一，宇宙秩序的维护神。这里泰戈尔把剑（闪电）比喻为毗湿奴的神鸟迦鲁达。迦鲁达是吃蛇的，而蛇象征人的欲望，也就是说剑（神的力量）要消灭人类的贪欲。

54

我当时并没要求你做什么，
我连名字都没对你说，
你离开时我也只是静静地站着。
现在我独自一人在树阴斜沉的水井边，
女伴们已经顶着装满水的褐色瓷罐回家了。
她们走之前大声地呼唤我：
“来跟我们一起走吧，快到中午了。”
但我动也不动地留在原地，
陷入了朦朦胧胧的思索。

当时我没听见你走来的脚步声，
你看我时眼睛带着忧伤的神色，
你说话时声音很低，很是疲惫：
“呃，我是个远行者，现在很渴。”
我从大白天的胡思乱想中惊起，
从罐子里把水倒在你掬好的双手。
树叶在头顶飒飒地响着，
杜鹃鸟在看不见的暗处唱着歌，
金合欢花香从路的拐弯处飘了过来。

你问我的名字时，

我羞愧而无言地站着。
我为你做了什么需要让你记住我?
但是我给你水喝,
让你解渴的记忆将留在我的心窝,
记忆的甜蜜将把心紧紧包裹。
现在快到中午了,小鸟唱歌唱乏了,
苦楝树叶在头顶飒飒地响着,
而我坐着,反反复复地在思索。

本诗大意:我每天都在忙忙碌碌,到底是为了什么?生命的真谛到底是什么?我是否应该像那个远行者一样去追求纯洁的灵魂?

依次注释:

1. 忧伤、疲惫:暗喻追求纯洁的艰难。

2. 远行者:指四处探寻生命真谛、追求灵魂纯洁的人。

3. 大白天的胡思乱想:在纯洁的灵魂到来之前,“我”已经在胡思乱想了,即“我”对纯洁已经有所向往了。

4. 记忆:倒水给他喝的记忆为何令人甜蜜?因为他是追逐灵魂纯洁的人,“我”也应该向他那样去追求纯洁。

5. 思索:“我”在遇到远行者之前对纯洁已经有所朦朦胧胧的思索了,遇到他之后这种思索则更加强烈了。

55

你的心印着疲乏，
你的眼睛仍有睡意在爬。

你还没听说荆棘丛中正在怒放鲜花吗？
醒醒，啊，快醒醒，不要让时间空滴答！

在石路尽头的一片孤寂的田野里，
我的朋友正在那里独坐，不要欺骗他。
醒醒，快醒醒啊！

就算天空因正午太阳的炎热而喘息和颤抖，
那又有什么可怕。
就算滚烫的沙子伸展它干渴的席子，
那又有什么可怕。

你的心底就没有快乐吗？
在你走的每一步，
路上的琴都没有弹奏出痛苦而又甜蜜的乐曲吗？

本诗大意：我的灵魂啊，你不要再昏睡了，不要再贪婪了，打起精神来，不畏艰险地走向纯洁的世界吧！

依次注释：

1. 疲乏、睡意：比喻灵魂的无力和昏聩，不清醒。

2. 你的：即“我的”。本诗中“我”以旁观者的角度对“我”自己的灵魂说话。

3. 荆棘：比喻贪欲、杂念。

4. 鲜花：比喻纯洁和快乐。

5. 醒醒：比喻灵魂的觉醒。

6. 石路：石路坚硬、冰冷，比喻贪欲。

7. 孤寂：神的世界是纯洁快乐的，但没有“我”，显得孤寂，寓意是盼望“我”加入神的世界。

8. 田野：田野能开满鲜花，比喻自由快乐的世界。

9. 我的朋友：指“我”的神。

10. 欺骗：你不是说要去神那里的吗？为什么昏睡不醒？你这不是欺骗他吗？“我”一直向往神，神也在等“我”，但“我”又陷于贪欲去不了，“我”这就是在欺骗神啊。

11. 炎热、干渴：比喻战胜贪欲的艰难。

12. 痛苦而又甜蜜：比喻追求纯洁是甜蜜的，但整个过程充满痛苦。每向纯洁迈一步心里都是甜蜜的，虽然每一步都迈得很艰难痛苦。

56

你就这样用快乐充满了我的心，
你就这样降临到了我的心里。
啊，你这天宇之主，
假如我不是你的爱，
你的爱又会在哪里？

你把我当作了你所有财富的伙伴，
你的喜悦在我心里无尽地洋溢，
你的意愿正在我的生命中实现。

为此，你这个王中王用美丽打扮自己，
俘获了我的心。
为此，你的爱消融到了你爱的人的爱里，
在我们两个人的完美结合中能看得见你。

本诗大意：神来到了我心里，我与神完美地结合在一起，你中有我，我中有你，这世界真是完美！

依次注释：

1. 快乐：指神的快乐。神用快乐充满了“我”，让“我”也得到了完全的快乐，比喻“我”与神完全融合在一起了。

2. 财富：指精神财富，即爱、快乐。财富的伙伴意味着是财富的一员，即“我”是爱和快乐世界中的一员。

3. 你的意愿：指神希望得到“我”的爱和快乐的愿望，它们在“我”心里扎根了，并且开花结果了，“我”也正在充满爱和快乐了。

4. 消融：指把自己的爱投入到了对方的爱，自己的爱不见了，没有了，只有彼此的爱，彼此的爱融合在一起了。

57

光，我的光，
充满世界的光，
亲吻眼睛的光，
温暖心扉的光！

啊，我亲爱的光，
你起舞在我生命的中央。
我亲爱的光，
你弹奏着我的爱的合唱。
天幕开敞，
狂风奔放，
大地笑声朗朗。

蝴蝶在光之海展翅荡漾，
百合花和茉莉花在光的浪尖争相绽放。

我亲爱的光，
你穿入每一朵云化成了金光，
又散开成无数的珠宝之光。

我亲爱的欢笑，

你在树叶之间飘荡，
快乐无法度量。
极乐之河漫过了自己的河岸，
快乐的洪水肆意奔放。

本诗大意：阳光啊，你照亮了世界，万物在你的怀抱里绽放生命，你给世界带来了欢笑和快乐。

依次注释：

1. 光：阳光，指神给予的爱、纯洁、自由快乐等等，即真善美。

2. 起舞、弹奏、开敞、笑声朗朗：都是表达喜悦欢乐的心情，都是表达对光的喜爱和追求。

3. 光之海：比喻光无处不在，充满了世界。

4. 欢笑：指阳光下树叶的簌簌声。

5. 河：泰戈尔常以河流表示某种精神按其本性发展的过程。快乐原本是循规蹈矩地流淌的，就像河流，但此刻快乐爆发了，四处漫溢奔流。

58

让所有的快乐旋律都汇入我最后那首歌——
快乐让大地在绿草的狂欢中流过；
快乐让生与死这对孪生兄弟在广阔的世界上共舞；
快乐和暴风雨一起横扫而落，
用笑声撼醒了所有的生命；
快乐在痛苦中盛开的红莲上流泪静坐；
快乐把它所拥有的一切都扔到了尘土；
快乐，它不需要什么言说。

本诗大意：万物都有快乐，万物的快乐最终汇成世界大同的快乐之歌。快乐中也会有愤怒和痛苦，生和死都在快乐中度过。

依次注释：

1. 我最后那首歌：也就是下面一连串的快乐，寓意万物各自的快乐最后都融汇在一起，组成了整个世界的快乐之歌。犹如河流不断汇合，最终进入大同的欢乐海洋。

2. 生与死：指精神（灵魂）的生死，并非肉体。泰戈尔认为精神或灵魂的生死总是相伴而行的，生（纯洁）好比一条河流奔向大海（永恒的精神世界），而死（贪婪）则是这条河流中不可避免的回流、止水等等，纯洁要经历不断磨砺才能抵达纯洁的大海，得到永恒。

3. 痛苦中盛开的红莲：莲花象征纯洁、快乐等美好的事物，“痛苦中盛开的红莲”比喻在痛苦中依然有快乐，而且那快乐占据主要位置。泰戈尔认为，神因爱、因快乐、因自由而创造世界，创造过程中既有快乐也有痛苦，两者同时并存。

59

是的，我知道，
这就是你的爱。
啊，我的挚爱，
你是金光，在树叶上欢跳，
你是闲云，在天空中轻飘，
你是掠过的微风，
在我的额头留下了凉爽的记号。

晨曦笼罩了我的视野，
这是你给我的心带来的信号。
你的脸从上面低垂下来，
你的双眼俯视着我的双眼，
我的心触碰到了你的双脚。

本诗大意：神的爱充满了世界，到达了我的心底，我和神已经近在咫尺。

依次注释：

1. 你：指神。

2. 微风：比喻神和神的爱。

3. 额头：把凉爽留在额头意味着凉爽、清静的美好感觉将陪伴整个生命过程。在印度宗教里，额头是重要的位置。

4. 信号：指晨曦表达了明确的信号，即“我”来到了光明的世界、神的世界。

60

在广阔无垠的世界的海边，
孩子们欢聚在一起。
头顶上浩瀚的天空一片静寂，
不安分的海水吵闹不息。
在广阔无垠的世界的海边，
孩子们又叫又舞地欢聚在一起。

他们用沙子建房子，
用空贝壳玩游戏。
他们用枯叶编织小船，
笑着让它们漂浮到巨大的深海去。
孩子们在世界的海边上嬉戏。

他们不会游泳，
不懂撒网捕鱼。
采珠人潜海采珍珠，
商人开船出海去。
而孩子们收集鹅卵石，
又把它们丢弃。
他们不找隐藏起来的财宝，
他们不懂撒网捕鱼。

大海的狂笑连连泛起，
海滩闪烁着浅白的笑意。
致命的浪涛给孩子们唱着毫无意义的歌曲，
就像母亲摇着宝宝的睡篮唱着摇篮曲。
大海与孩子们嬉戏，
海滩闪烁着浅白的笑意。

在广阔无垠的世界的海边，
孩子们欢聚在一起。
暴风雨在无路的天空飘移，
船只在没有航线的海里失事。
死亡是在那里，
而孩子们在这里嬉戏。
在广阔无垠的世界的海边，
孩子们在进行盛大的欢聚。

本诗大意：贪婪终归毁灭，纯洁永远与欢乐在一起，但贪婪与纯洁又是如此靠近。

依次注释：

1. 世界：这里指大海和海滩两个不同的世界。前者代表贪婪，后者代表纯洁。

2. 海边：泰戈尔常把海岸视为两个世界的分界线，本诗里的大海代表贪欲的世界，而沙滩则代表纯洁的世界。

3. 孩子们：泰戈尔总是把儿童视为纯洁的代表，他们无欲无求，纯真无邪，自由快乐，代表了泰戈尔向往的真善美。

4. 沙子、贝壳、枯叶：这些东西稀松平常，毫无价值，但孩子们却乐在其中，说明快乐与财富无关，无欲无求才有真正的快乐。

5. 浪涛：比喻贪欲。浪涛对孩子们唱毫无意义的歌曲比喻贪婪在诱惑纯洁，但那是毫无意义的。大海与孩子们嬉戏也是同样的寓意。

6. 无路：比喻灵魂的迷失。下文的没有航线也是比喻贪欲没有正确的生命航线，必将毁灭。

7. 失事：比喻贪婪毁灭。

8. 那里：指大海，大海是贪婪的，也必然是死亡的。

61

睡眠从小宝贝的眼睛一闪而过，
有谁知道这睡眠来自哪里？
哦，有传言说，
睡眠就住在挂着两颗迷人的羞涩花蕾的地方，
那是萤火虫朦胧之光映照出树林阴影的仙女村落。
睡眠从那里飞来亲吻小宝贝的眼窝。

熟睡中小宝贝的嘴唇翕动着笑的微波，
有谁知道它诞生在哪里？
哦，有传言说，
新月用鲜嫩之光把即将消失的秋云尾巴抚摸，
在那里，在露水清洗过的清晨的梦里，
诞生了这微笑的第一抹。
熟睡中小宝贝的嘴唇翕动着笑的微波。

小宝贝的肢体盛开着甜美柔嫩的鲜活，
有谁知道这鲜活隐藏了这么久的处所？
哦，在妈妈还是少女的时候，
在温柔而宁静的爱的神秘里，
它就盘踞着她的整个心窝。
小宝贝的肢体盛开了甜美柔嫩的鲜活。

本诗大意：每一个新生命都是神（世界）对人类的爱和美好祝福，生命之源、爱之源、幸福快乐之源就是神。生命是神赐予的，它带来了神的爱和希望，神希冀人类也充满真善美，像童话一样美。

依次注释：

1. 传言：可以理解为童话故事，也可以理解为作者的想象。本节借着童话故事或想象来表达神（世界）对新生命的喜爱和呵护。在神的呵护下，新生命得以安睡，得以正常生长。

2. 仙女、花蕾、萤火虫、树林：都是童话故事中的事物，或作者的想象而已，借以表达神对生命的喜爱和呵护。

3. 亲吻：表达神的喜爱和呵护。

62

当我把彩色玩具给你时，我的孩子，
我明白了云和水为什么要呈现光怪陆离，
为什么花朵要画上色彩。
当我把彩色玩具给你时，我的孩子。

当我一唱歌你就情不自禁地跳舞时，
我真地明白了为什么树叶里有音乐，
为什么浪涛把它们的合唱传给倾听的大地心里。
当我一唱歌你就忍不住跳舞时。

当我把甜食放到你贪婪的手心时，
我明白了为什么花里有蜜，
为什么水果藏满了甜汁，
当我把甜食放到你贪婪的手心时。

当我一亲吻你的脸你就微笑时，我亲爱的，
我确实明白了晨曦中天空降下了什么样的喜悦光芒，
夏天的微风带给了我的身体什么样的惬意，
当我一亲吻你你就微笑时。

本诗大意：美、爱、快乐是与生俱来的，不可或缺、无处不在，是世界形成和发展的源泉。

依次注释：

1. 树叶里有音乐：指树叶的飒飒声，寓意大自然的自由快乐。

2. 合唱：寓意大自然的自由快乐。

3. 倾听的大地心里：浪涛的快乐让大地内心深处也感受到了，寓意整个大地都在享受快乐。

4. 甜食：比喻美好的事物。

5. 贪婪的手心：比喻对美好的追求永远不会满足。

6. 花蜜：花朵本已很美了，但还要有花蜜，也就是还要更美、更完美。水果的寓意也是一样。本节写对美好和幸福的追求没有止境。

7. 吻：比喻爱，得到爱自然就会喜笑颜开。

63

你让我不认识的朋友认识了我。
你在别人的家里给我安排了座席。
你把疏远变成了亲近，
把陌生人变成了兄弟。

当我必须离开住惯了的栖身之所时，
我的心忐忑不安。
我忘记了旧的依然会存在于新的，
而且你也一直在那里。

从出生到死亡，
在这个世界或其他世界，
不管你指引我去哪里，
都是你，同一个你，
我无穷无尽的生命中的唯一伴侣，
是你用快乐的束带把我的心与未知连在一起。

只要认识你，
就不再有陌生人，
门也不用再关闭。
啊，请你恩准我的祈求：
在纷繁的人世里，

我永远都不会失去你触摸我的福祉。

本诗大意：爱、快乐是世界的通行证，心中有了爱，有了快乐，世界就会畅通无阻，成为一个大家庭。

依次注释：

1. 你：指神，也可指快乐、爱等。神给世界、给人类带来了爱、自由、快乐，它们是世界之魂，是世界的通行证。心中有了爱，全人类都是兄弟姐妹。

2. 旧的依然会存在于新的：虽然“我”还是“我”，但“我”脱胎换骨了，“我”的灵魂变了，从旧世界去到新世界了。“我”不断地追求纯洁，每一天都是新的。

3. 你也一直在那里：指神永远在新的世界，即纯洁的精神世界里。

4. 在这个世界或其他世界：这个世界指“我”现在所处的世界、尘世；其他世界指“我”向往的真善美的世界。

5. 无穷无尽的生命：泰戈尔认为，人的生命是神赐予的，是神的快乐的一种表现形式，神的快乐是永恒的，因此人的生命也是永恒的。

6. 束带：神因为快乐而创造世界，快乐是世界的灵魂和通行证，有了它就可以和陌生人、和世界紧紧捆绑在一起，即紧紧相连而成为一体。

7. 未知：与栖身之所相对立，指没去过、即将要去的地方，即纯洁美好的世界。

8. 福祉：指神给予我爱、纯洁、自由快乐等。

64

在河荒草高的岸坡上，我问她：
“小姑娘，你用披纱遮着灯，要去哪里？
我家一片黑暗孤寂，
把你的灯借给我吧！”
她把眼睛抬起了好一会儿，
在暮色中看着我的脸。
“在太阳西下时，”
她说，“我来河边放灯，
让它漂浮在河里。”
我独自站在高草丛里，
看着微弱的灯光在河水中
毫无用处地飘摇而去。

在夜色拢聚的寂静里，
我问她：“小姑娘，你的灯都点亮了，
你要拿着灯去哪里？
我家一片黑暗孤寂，
把你的灯借给我吧！”
她抬起乌黑的眼睛看着我的脸，
站了好一会儿，犹豫不定。
最后她说道：“我来是要把灯献给天宇。”

我站着看她的灯在空中
毫无用处地亮起。

在月黑的午夜里我问她：
“小姑娘，你把灯靠近心口要寻找什么？
我家一片黑暗孤寂，
把你的灯借给我吧！”
她停顿片刻，在黑暗里把我的脸注视，
说：“我把灯带来是要参加灯火狂欢节。”
我站着看她的小灯
毫无用处地消失在万盏灯光里。

本诗大意：一件东西有实用性，也有愉悦性，即精神价值。我们总是太过看重其实用性，忽略了其精神价值，而精神价值在人和社会中是具有莫大的积极作用的。

依次注释：

1. 小姑娘：比喻美、纯真和快乐。

2. 灯：指油灯。灯既有照明的实用价值，也有愉悦的精神价值。“我”想要实用，而那位小姑娘想要精神愉悦。这是精神价值与实用价值之争。

3. 毫无用处：“我”认为把灯放到河里是毫无用处的，纯属浪费，应该拿来照明才对。泰戈尔在这里实际上是说，把灯放到河里是有其精神价值的，这是实用价值无可比拟的。

65

我生命之杯已满而泄，
我的神，你想喝什么样的琼浆玉液？

通过我的眼睛观看你创造的杰作，
站在我的耳朵上静听你自己永恒的和谐之曲，
我的诗人，这样做你是不是非常愉悦？

你的世界在我的心灵里编织诗阕，
你的快乐是给诗阕配上音乐。
你在爱的当中把你自己交给我，
又在我身上感受你自己全部的喜悦。

本诗大意：神为了爱和自由快乐而创造世界，创造了我。我现在已经完全体现了神的旨意，可以把自己，把爱和自由快乐奉献回馈给神了。这世界就是在神与人、在万物的互相奉献中一路前行，永无止境。

依次注释：

1. 琼浆玉液：指真善美的具体表现。

2. 创造的杰作：指具体的创造物，例如“我”。

3. 和谐之曲：神所创造的世界就是一首永恒的和谐曲。

4. 愉悦：神在创造中才能显现或实现自己，神在“我”的身上看到了他自己，这当然令他欣喜。

66

她在我生命的深处，
她在夕阳余晖隐现的黄昏。
她在晨光中绝不会撩开面纱，
她将是我给你的最后礼物，我的神，
献礼将被裹进我最后的歌声。

求爱的话已说尽，
仍得不到她的心。
劝说向她伸出了渴望的手臂，
却也白费了劲。

我把她放在心底上下求索，
我的生命围绕着她升华和沉沦。
她主宰我的思想和行动，
主宰我的睡眠和梦想，
可她却离群索居，孑然一身。

很多人都来敲我的门找她，
但都在绝望中转身离去。

世界上还没人见过她本人，

她一直离群索居，
只等待你的首肯。

本诗大意：我要历尽磨难去寻找纯洁的灵魂，这灵魂只献给神，我要等着向神敬献纯洁的灵魂。

依次注释：

1. 她：指“我”的纯洁灵魂，也可指对神的爱，两者其实是一致的。

2. 最后礼物：指纯洁的灵魂，灵魂最终会纯洁，最终会献给和回归于神。

3. 最后的歌声：灵魂回归于神后，就没有“我”单方面的歌了，都是神和“我”一起唱的歌了，也就是神和“我”融为一体了。所以献礼的歌就是“我”单方面最后的歌。

4. 得不到她的心：“我”渴望“我”纯洁的灵魂，追求她，但她始终不理“我”。说白了就是“我”的灵魂还不纯洁，“我”纯洁的灵魂总不到来。

5. 上下求索：指到处游历，寻找纯洁的灵魂。参见第12首。

6. 离群索居：“我”对她梦寐以求，她占据了“我”的心，却离我远远的，表明“我”远未纯洁，即不配得到纯洁的灵魂。

7. 绝望：很多人也想得到她，都纷纷来“我”这里寻找她，但都空手而归，说明她只等待“我”，只有“我”才懂她，暗示这是“我”和神之间的秘密。

8. 首肯：指得到神的认可或承认，即她只为神等待，只献给神。

67

你是天空，无边无际，
你也是鸟巢，形态各异。

啊，美就是你，
你的爱在鸟巢那里，
把鸟巢之魂包在色声味的外表里。

清晨来了，就在那里，
右手提着装有美丽花环的金色篮子，
默默地给大地披上晨曦。

傍晚来了，就在那里，
用金色的陶罐从西边无垠的静止，
带来平静的凉风，
越过被牛羊抛弃的孤独草地，
穿过没有路径的条条小路。

无垠的天空就在那里伸展，
让真理之魂在里面飞驰，
洁白无瑕的光辉就主宰着那里。
那里没有白天和黑夜，

没有形状与色彩，
永远、永远都不会有一个字。

本诗大意：真理是抽象的，也是具体的，它无时无处不在。真理是内在的、本质的，需要用心去感受和理解。

依次注释：

1. 你：指真理。见下面的解释。

2. 天空、鸟巢：泰戈尔常把天空比喻为生命盛开、自由快乐的世界，把鸟巢比喻为生命休息将养的地方，但本诗中两者却是另外的寓意：真理是天空，真理也是鸟巢。天空是浩瀚无边、无穷无尽的，即真理是永恒的，放之四海而皆准；鸟巢是有形和有限的，即真理有不同的表现形式，真理通过万事万物得以表现。例如万有引力定律是放之四海而皆准的，但它也是通过苹果落地、雨水落地等多种多样的现象得以表现出来的。

3. 魂：指鸟巢之魂，即具体事物或现象之魂，是该事物或现象得以存在和发展的根源、动力。简单地说，魂等同于真理；复杂地说，魂是真善美、爱、自由、快乐、万物的和谐统一等，而真理只是其中的一分子。

4. 色声味：指具体事物的外表，寓意真理被包裹在事物的外表里面，不会轻易被发现。

5. 美丽花环：指晨曦的模样，隐喻真理的表现形式，晨曦则是真理的抽象形式。下文的傍晚和凉风也同此。

6. 金色的陶罐：指晚霞。

7. 凉风：比喻真理有如清风习习沁人心脾。

8. 草地、小路：比喻谬误，是真理的反面。凉风越过草地、穿过小路，表明真理经受住了反反复复的试错考验。

9. 无垠的天空：指真理，真理也在不断地成长、壮大。

10. 那里：指有真理的地方，大至整个世界或宇宙，小至一个鸟窝。

11. 飞驰：指真理无所不在。

12. 洁白无瑕的光辉：指完全彻底的光明，有光明的地方真理才会得到显现和传播。

13. 没有白天和黑夜：比喻真理是永恒的，不分时空的。

14. 没有形状与色彩：比喻真理是抽象的，不是表面花里胡哨的。

15. 永远都不会有一个字：比喻真理不能用文字或语言来传达，需要用心去感受，用心去理解。

68

你的阳光伸开手臂来到我的大地上，
整整一个白天都站在我的门口，
把我的眼泪、叹息和歌曲做成的云带回你的脚旁。

你满心欢喜地用那云雾之幔裹住你星光闪闪的胸膛，
让它舞弄出千姿万态的身形和云纹，
再把它涂上千变万化的彩妆。

它那么轻盈，来去匆忙，
那么温柔和多泪，
那么黯淡无光，
这就是你为什么爱上了它。
啊，你纯洁无瑕、宁静安详，
这就是它为什么能以微弱的身影
遮挡你洁白的光芒。

本诗大意：神对我的喜怒哀乐都无比喜爱，因为它们都是我对他的爱。

依次注释：

1. 我的大地：比喻“我”自己的世界。神的阳光照耀在“我”的世界，给“我”带来了光明。

2. 门口：阳光站在门口意味着阳光没有进入“我”的心里。阳光为什么进不去？因为“我”被云挡住了。

3. 我的眼泪、叹息和歌曲：比喻“我”生命的悲喜，现在神要把这悲喜都收回去。一是因为这悲喜之云挡住了神的阳光，阳光无法进入“我”的心里，也就是“我”应该走出自己的世界，与外面广阔的世界、神的世界融为一体；二是因为神喜欢“我”的悲喜了，要把“我”的悲喜带回去，见下面第二节，也就是神知道“我”向往他了，知道“我”因他而悲喜，神因被“我”爱而欢喜。

4. 脚旁：把云带回你的脚旁意味着云是“我”敬献神的物品，也就是“我”一心向神，“我”所有的喜怒哀乐都属于神。

5. 云雾之幔：即“我”的眼泪、叹息和歌曲做成的云。舞弄身姿和涂抹彩妆都表示神对它（云幔）的喜爱。为何神喜爱“我”的云幔？因为它代表了“我”对神的爱，神本来就希望“我”把他对“我”的爱回馈给他。人类回馈爱给神是神创造人类的初衷。

6. 黯淡无光：指“我”的卑微、渺小，无法发出光亮，更无法与神的光芒比肩。

7. 微弱的身影：“我”的影子微不足道，本来是无法阻挡神的光芒的，但现在神光辉宁静安详，所以暂且可以遮挡一下。就像母亲把孩子抱在胸前爱抚一样，孩子把母亲挡住了又有什么要紧呢？

69

在我血管里奔流的生命之河，
同样在世界上奔腾，
有节律地在跳动。

就是这相同的生命，
快乐地冲破大地的泥土，
带来芳草无穷，
化成繁花茂叶如潮喧涌。

就是这相同的生命，
在生与死的汪洋似的摇篮中，
随着潮涨潮落在摆动。

我感觉我的肢体因被这生命的世界触碰，
而变得光荣。
我的骄傲来自亿万年的生命悸动，
此时此刻这生命正在我的血液里奔涌。

本诗大意：我的生命与世界亿万年的生命融为了一体，不分彼此，一起爱，一起自由和快乐，我的每一个细胞都为此感到荣耀和自豪。

依次注释:

1. 生命之河：泰戈尔常用河流比喻生命历程，生命就像一条河流向前奔流不息，直至归入大海。

2. 芳草：泰戈尔对小草、小花、小鸟、小孩等小生命喜爱有加，反复赞美，因为小生命代表了纯洁、快乐，代表了真善美。

3. 汪洋似的摇篮：指世界，浩瀚的世界如同出生与死亡的摇篮，时时处处都有生命在诞生，有生命在死去，但更有生命在盛开，按照应有的节律在摆动，即在运转。

4. 光荣:“我”的生命与世界融为一体，是圆满的生命，是“我”孜孜以求的，当然倍感光荣。

70

你就不能和这旋律的快乐一起快乐吗?
你就不能在这巨大的快乐旋转中
翩翩起舞、陶醉和绽放吗?

万物在向前奔腾,
从不停止,从不回头,
任何力量都无法阻止它们,
它们一直在向前奔腾。

跟着这永不停息的欢快音乐,
四季来来去去地在舞动。
色彩、乐声和芳香
永不停止地倾泻到这莫大的快乐中,
这快乐每时每刻都在四处飞溅、绽放和消融。

本诗大意:走出自己狭隘的世界,融入世界的大快乐中去吧!你没看见吗?万物是多么自由和快乐,它们都在快乐地奔向生命的圆满。

依次注释:

1. 这旋律:指世界的快乐之曲。世界因爱、因快乐而被神创造，因此世界充满了快乐。

2. 旋转：指世界（宇宙）和万物的运转。

3. 色彩、乐声、芳香：指具体的万事万物。每一个具体的事物或生命都在参与世界的快乐，此起彼伏，欢乐无穷。

71

我要多为自己着想，全方位开动，
这会给你的光辉投上彩色的阴影，
这就是我给你的幻境。

你在自己的身体里设置了屏障，
再用无数虚假的歌声唤出你的分身。
你的分身已成为我的身。

在五彩缤纷的眼泪和微笑、惊恐和希望中，
愉悦的歌声永远回响在整个天空。
浪起又浪伏，梦碎又梦成，
你的分身自己败在了我的身。

你挂起画布，用日夜之笔画了无数的图形，
画布后面你的坐席由奇妙神秘的曲线编织而成，
一切光秃秃的直线都被丢弃不用。

你和我的壮丽表演遍布天空，
所有的空气都随着你和我的歌声振动，
千秋万代就消逝在你和我的捉迷藏当中。

本诗大意：我对神的认识有一个由假到真的过程，神对我的认识也是如此。我和神就像捉迷藏似地，相互探寻和了解，逐渐走到了一起。最后，我和神一起创造美好的世界，这创造是永恒的。

依次注释：

1. 全方位开动：指全力追逐物欲。

2. 你的光辉：指神的光辉。只顾自己不管他人和社会，就会给神、给世界蒙上阴影。

3. 投上彩色的阴影：投到你身上的只是“我”的影子，只是影子和你在一起，而不是“我”本人，这对你来说就是幻境，不真实。彩色比喻迷惑，以为是真实的。

4. 幻境：即虚幻，音译是马亚。人有自我分离的特性或两个极端性：一方面，每个人都与其他人一样，都想和其他人、与外界联系在一起，这是真实的；但另一方面，每个人又想与众不同，想不管不顾地实现属于自己的梦想。哲学家把这样的分离（即与众不同）叫作马亚（虚幻）。为什么分离的特性是虚幻？泰戈尔认为，马亚没有内在的真实，很危险，会导致毁灭、傲慢、专横、任性、掠夺等。

5. 屏障：泰戈尔用屏障来指人陷于自己狭隘的世界，等于自己建了个屏障，把自己与世界隔绝开了。但在本诗里，神也给自己建了屏障，也就是神也和“我”玩捉迷藏，把真实的自己藏起来，把虚假的自己呈现给“我”，而“我”真假不辨，也接受了，以为“我”和神融合了。

6. 分身：把自己分开，把虚假的自己呈现出来。

7. 你的分身已成为我的身：指虚假的神进入了“我”的心，也就是“我”还不足以认识和理解真正的神，以为虚假的神就是真实的神。

8. 眼泪和微笑、惊恐和希望：泰戈尔认为万物都是相反相成的，眼泪与微笑、惊恐与希望的两面性表达了“我”与神反反复复的交往历程，有悲有喜，有惊慌失措，也有振奋和希望，这一切都是“我”与神走向结合的必经之路，这条路是五彩缤纷的，即什么样的事情都发生过。但在这一切当中，快乐、喜悦是主流的，它充满了“我”和神的世界。浪起又浪伏、梦碎又梦成的寓意也是如此。

9. 你的分身自己败在了我的身：随着认识的深入，虚假的神被“我”识破了，失败了。

10. 画布：指天空，比喻看得见的世界。

11. 图形：日夜不同的景色。

12. 坐席：以坐垫为席，或者直接坐在草席上，比喻世界的中心、创造源地，当然也是最神秘的地方。

13. 曲线：比喻事物的形成不是一帆风顺、一蹴而就的，都要经过艰难曲折的历程，也只有这样才有创造的神秘可言。

14. 直线：比喻一览无余，不神秘，没有变化，也没有生命力。

15. 表演：指“我”和神一起创造世界，创造万物，让世界精彩纷呈。

16. 振动：指“我”和神的自由快乐充满整个天空。

17. 千秋万代：指神开始创造世界以来，比喻“我”与神的融合是无始无终的，和世界一样永久。

18. 捉迷藏：孩童在捉迷藏中得到了快乐，认识了彼此，也认识了周围的世界。捉迷藏意味着要去发现彼此，找到隐秘之处，所以本诗不仅用它来比喻“我”与神的创造活动是纯真快乐的，也比喻创造是神秘的。在泰戈尔眼里，世界万物相反相成，相反的两方面互相捉迷藏，其乐融融，无始无终。

72

就是他，那最深邃的人，
用深藏的触摸把我的生命唤起。

就是他，对我的双眼施展魔力，
用各种喜悦和痛苦的节奏，
快乐地弹奏起我心灵的和谐音符。

就是他，在瞬间消失的金银蓝绿的色彩里，
编织着这虚幻之网。
幻网重叠的地方露出他的双脚，
触摸这双脚让我忘记了我自己。

岁月来来去去，
永远是他，以各种名字，
各种伪装，各种大悲大喜，
来打动我的心底。

本诗大意：神用纯洁来召唤我，反反复复用贪婪和纯洁磨炼我，那纯洁之魂始终在我的心中，在我的灵魂里。

依次注释：

1. 他：指神。

2. 深藏的触摸：指爱、真善美、自由快乐、和谐统一等世界之魂，神用世界之魂将“我”从贪念中唤醒。

3. 对我的双眼施展魔力：指神以世界之魂迷住了“我”的双眼。

4. 喜悦和痛苦：生命的旅程、奔向圆满的过程是充满艰辛和反复的，有时纯洁了，有时又被贪欲诱惑回去了，有悲有喜。生命或灵魂就是在不断的反复磨砺中迈向纯洁，最终得到圆满。为什么是快乐地弹奏？因为一直在迈向纯洁，因此尽管旅途艰辛，但一直是快乐的。

5. 心灵的和谐音符：比喻“我”的灵魂被神唤醒了。

6. 在瞬间消失的金银蓝绿的色彩里：比喻贪婪与纯洁来来去去，反反复复。金银可理解为贪婪，蓝绿可理解为纯洁。

7. 虚幻之网：比喻不纯洁的世界，贪欲与纯洁都有，这样的世界是不真实的。

8. 重叠的地方：指纯洁与贪欲交织在一起，互相较量。

9. 双脚：比喻神的所在。神在纯洁与贪欲交叉之处，意味着神在引导“我”，纯洁将胜出。

10. 忘记：忘记自己意味着摆脱了贪婪，变得纯洁了。

11. 名字、伪装、大悲大喜：比喻各种贪婪与纯洁、虚伪与真实，以及它们带来的种种大悲大喜。

73

对我来说解脱不在于抛弃，
在快乐的千万重束缚里，
我感受到的都是自由的拥抱。

你一直把你的酒斟给我，从不停止，
那美酒的色泽和芳香各有不同，
你把我的陶瓷酒杯斟满了一次又一次。

我的世界将用你的火焰点亮许多盏不同的灯火，
在你寺庙的祭坛前放置。

不，我的感官之门绝不会关闭，
我视觉、听觉和触觉的快乐都将带有你的快乐。

是的，我所有的虚幻将燃烧为快乐之光，
我所有的愿望都将圆满地结出爱的果实。

本诗大意：走出狭隘的自我世界不是要丢弃一切，快乐和自由就不能丢弃。神一直赐予我爱，赐予我真善美，我得到了，也回馈给了神。在快乐中，我的爱得到了圆满的实现。

依次注释：

1. 解脱：指人从自私贪婪的自我中走出来，投入神的怀抱，即投入到灵魂的纯洁与永恒中去。

2. 抛弃：人在从自我中解脱出来、奔向无限和永恒的纯洁灵魂世界时，需要抛弃，比如抛弃自私、贪婪等假恶丑的东西，而真善美的东西要保留下来。

3. 束缚：被快乐捆得死死的，但依然觉得非常自由，因为快乐本来就是生命孜孜以求的，有快乐才有自由，有自由才有快乐，二者相互依存，不可或缺。也就是说，不能为了摆脱而不加区别地抛弃一切，快乐不能抛弃，自由不能抛弃。

4. 你的酒：比喻神的爱、自由快乐等等。

5. 色泽和芳香各有不同：指爱、自由快乐有不同的形式。

6. 我的世界：指“我”的灵魂世界。

7. 许多盏不同的灯火：指真善美各有不同，形式多样。

8. 你的寺庙：比喻神的世界。灯和庙都是隐喻。

9. 放置：“我”的爱、纯洁等真善美是神给的，“我”现在敬献给神，由此“我”和神融为一体。

10. 视觉、听觉、触觉：指人的直觉、直观感受。泰戈尔认为，人的灵魂依靠直觉来看见（感知）神，不需要推理、分析之类的过程。

11. 虚幻：指狭隘的自我，只顾自己（自私、贪婪、强取豪夺等），没有和外面广阔的世界连在一起。

74

白昼已过，昏暗笼罩大地，
我该拿着水罐到河边汲水去。

黄昏伴着河水的忧伤歌声在盼乞，
啊，它呼唤我出来到暮色里去。
路上空无一人，唯有孤寂。
风已吹起，
河水泛着涟漪。

我不知是否该回家去，
我不知会与谁偶遇。
河滩上，小舟里，
谁人把鲁特琴弹起。

本诗大意：我还陷于尘世当中，好像听到了有人召唤，却不知道那就是神。

依次注释：

1. 水罐：汲水一般是女性所为，是日常家务，比喻“我”还陷于尘世。

2. 忧伤歌声：比喻神见不到“我”而忧伤。

3. 空无一人、孤寂：没人也就意味着没有贪婪，意味着纯洁。

75

你赐给了我们凡人厚礼，
满足了我们的一切需要，
那礼物又分毫不少地返回给你。

河流每天都忙于做事，
匆匆忙忙地流过田野和村子，
但那源源不断的河水最终还是绕向了你，
只是为了把你的双脚洗涤。

鲜花用芳香给空气带去了甜蜜，
但它最终的奉献是把它自己献给你。

对你的崇拜不会让世界变得贫瘠。

从诗人的诗句里，
人们挑选他们喜爱的含义，
但这些诗句最终的含义都指向你。

本诗大意：人类和万物都有爱，世界因此充满了爱。

依次注释：

1. 你：指神。

2. 厚礼：指神给予人类的爱。神希望人类永远都充满爱，人间有爱、人爱神本身就是神希望人类返回的礼物。这样的礼物是不会减少的，是永恒的、美好的。

3. 洗涤：比喻河流崇拜神。河流滋养了两岸的生命，奉献了爱，最终还是皈依神。

4. 对你的崇拜：崇拜神意味着万物皆有爱，还意味着奉献爱、让爱充满世界。世界的本质、灵魂就是爱，因此奉献爱只会让世界充满更多的爱，而不会变得贫瘠。泰戈尔认为爱（从小爱到大爱）应该既是奉献，也是得到，只要是爱，就是同时在付出和获得，两者和谐、平衡。

5. 诗人：比喻先知、先贤，比喻大彻大悟、追求人神合一的人、接近神的人。不论是第一节的凡人，还是这里的诗人，大家都是一样的，都在敬献神。

6. 最终的含义：不管人们如何喜爱不同的诗句，但整首诗的最终含义就是对神（爱、纯洁、真善美）的赞颂和敬献。

76

过了一天又一天，
啊，我生命的主人，
我能否站在你的面前，
与你面对面？
啊，万界的主人，
我能否双手合十站在你的面前，
与你面对面？

在你那辽阔而孤寂的天空下，
我能否怀着谦恭之心站在你的面前，
与你面对面？

在属于你的这个辛劳的尘世间，
劳苦与纷争喧嚣不断，
我能否在忙碌的人群中站在你的面前，
与你面对面？

当我把世俗的事情忙完，
啊，万王之王，
我能否独自无言地站在你的面前，
与你面对面？

本诗大意：神啊，我什么都不要，我只要和你在一起，我什么时候才能和你在一起？

依次注释：

1. 双手合十：表示崇拜、虔诚、请求、敬重、敬畏、婉拒、同情等，这里是崇拜和请求之意，表达“我”渴望与神在一起的迫切心情。

2. 孤寂：泰戈尔很喜欢用这一类词语，因为纯洁是难得的，甚至不被大多数人认可，因而显得孤独；纯洁是与世无争的，是安静的，所以寂静。

3. 忙碌：人世间各种劳作和争斗在喧闹，人人都在忙碌，都在为实现自己的各种欲念奔波。而“我”不为所动，一心只想和神在一起。

4. 万王之王：指神，神主宰宇宙，所以是万王之王。

77

我只知道你是我的神，
所以对你敬而远之。
却不知道你就是我自己，
所以没有走近你。
我只知道你是我的父亲，
所以在你的双脚前行鞠躬礼，
我没有像握朋友的手那样把你的手握紧。

你来了，让我拥有你，
但我却没有站在你来的地方。
我没有站在那里把你搂在胸前，
没有把你当作我亲密的伴侣。

你是我兄弟中的好兄弟，
但我对他们都不睬不理。
我没有与他们平分我挣到的财富，
以为这样就能把我的所有分享给你。

不管是快乐还是痛苦，
我都没有和大家站在一起，
以为这样就能站在你这里。

我畏缩，不敢舍弃自己的生命，
所以无法跳进生命的大海里。

本诗大意：我以为神离我很远，其实他就在我们中间。我以为应和神独自分享一切，其实应该和所有人一起分享，和所有人分享也就等于和神分享。我以为生命只属于自己，不敢奉献出去，其实生命是属于这个世界的，应该投入到它的怀抱中去。

依次注释：

1. 敬而远之：就普通人、不懂神的真谛的人而言，神是需要敬畏的，所以敬而远之。本节反复使用对比句来表达神无所不在、神与常人一样。神表面上高高在上，令人敬畏，实际上他就在普普通通的人那里，和我们一样。其寓意就是：爱、纯洁、自由、快乐、真善美、和谐等美好的事物就在我们心里，我们不要视而不见，要紧紧抓住。

2. 亲密的伴侣：神已来投怀送抱，而“我”却有眼无珠，视而不见。寓意“我”凡心未泯，贪欲还在，还封闭在自己狭隘的世界里。

3. 好兄弟：泰戈尔倡导人人平等、爱在人间。只和某人分享财富（泛指物质财富和精神财富），意味着自私自利、活在狭隘的世界里。

4. 没有和大家站在一起：意味着“我”处于自我狭隘的世界，这样做实际上与神是背道而驰的，不可能与神站在一起。

78

那时创造刚刚开始，
群星在第一次辉煌绽放中耀眼夺目。
众神在天宇相聚和欢歌：
“啊，完美的景象，
真正的快乐！”

但有一位神突然叫喊起来：
“光链好像在一个地方断开了，
有颗星已经消失不见。”

众神的金色琴弦突然断了，
他们停止了欢歌。
他们惊慌地叫喊：
“是啊，那颗不见的星星最出色，
它是天宇的荣耀！”

从那天起寻找那颗星星就没停过，
众神一个接着一个地哭喊：
它带走了世界唯一的快乐！

唯有在深夜最深沉的寂静中，
群星微笑着，

相互之间悄悄地说：
“这种寻找是徒劳的，
完美无缺已经彻底不存在了！”

本诗大意：有创造就会有不完美，世界就是从不完美走向完美，这个过程是永恒的。

依次注释：

1. 创造：神创造宇宙和万物。

2. 众神：比喻不懂得事物形成和发展规律的人，不懂得灵魂是从不完美到完美无止境完善的人。

3. 完美的景象：众神高兴得太早了，创造才刚刚开始，哪会有完美啊。宇宙的创造是无始无终的，因此宇宙的完美一直在形成当中，宇宙一直在迈向完美。这一点是解读本诗的关键。

4. 光链：星星连成的链条。众神认为星链断开就不完美了，以为自己的努力前功尽弃，所以惊慌失措。其实完美不是一蹴而就并且永恒不变的，只要有创造，完美就一直在形成当中，没有结束之时。

5. 唯一的快乐：即众神认为少了那颗星就没有快乐了。少了那颗最好的星就惊慌失措，这不可取。首先，没有了可以再创造；其次，也是更重要的，创造肯定是不完美的，是有一个过程的。

6. 彻底不存在了：世界不会定格在完美的一瞬间，世界永远都是从不完美走向完美。

79

假如我今生无论何时都见不到你，
就让我永远都觉得是我错失了你。
让我每分每秒都无法忘记，
让我承受着这悲伤的剧痛，
无论在梦里，还是在醒时。

当我的日子消磨在这尘世的拥挤集市，
当我的双手每天都是满满的盈利，
就让我永远都觉得我毫无收益。
让我每分每秒都无法忘记，
让我承受着这悲伤的剧痛，
无论在梦里，还是在醒时。

当我坐在路边疲倦喘息，
当我把床低低地铺在尘土里，
就让我永远都觉得前路漫漫无期。
让我每分每秒都无法忘记，
让我承受着这悲伤的剧痛，
无论在梦里，还是在醒时。

当我的房间布满了装饰，

当笛声响起，一片欢声笑语，
就让我永远都觉得我还没邀请你来到我家里。
让我每分每秒都无法忘记，
让我承受着这悲伤的剧痛，
无论在梦里，还是在醒时。

本诗大意：神啊，假如我无法与你在一起，那绝对与你无关，都是因为我的灵魂还不纯洁，我还不配得到你。

依次注释：

1. 你：指神。

2. 拥挤集市：泰戈尔常以集市比喻充满贪婪的尘世。

3. 盈利：指物质财富。“我”虽然有了物质财富，却失去了你，与其这样，“我”还不如没有物质财富。

4. 坐在路边、把床低低地铺在尘土里：比喻“我”已抛弃一切尘欲和贪婪，去追随神的纯洁脚步。疲惫喘息意味着路途（追求真善美）的艰辛。

5. 前路漫漫无期：指追求神即真善美的旅途无穷无尽。

6. 装饰、笛声、笑语：暗喻“我”这个新娘结婚了，嫁给神了，但下一句马上说“我”自觉还不配出嫁。

7. 我还没邀请你来到我家里：“我”觉得自己还不够纯洁，还不配嫁给神。这首诗从头到尾都在表达“我”的谦卑，反衬了“我”对神愈加渴望。

80

我像秋天的一片残云，
在天空毫无用处地飘移。
啊，我永远辉煌的太阳！
你的触摸没能蒸发掉我的水汽，
没能让我与你的光辉合为一体，
我只好数着与你分离的岁岁月月。

假如这是你的旨意，
假如这是你的游戏，
那就请你拿好我这短暂的空洞之物，
画上彩色，镀上金衣，
让它在狂风中飘逸，
让它展现万种绮丽。

再假如你想在夜晚结束这场游戏，
那我这片残云就在黑暗中融化、消失，
然后它又会出现在鱼白的清晨的微笑里，
又会出现在纯洁通透的清凉里。

本诗大意：我是秋天的一片残云，没有实用价值了，现在也无法与神融合在一起。但是神啊，请不要嫌弃我，请给我画上缤纷色彩，让我呈现美丽奇妙的景象，给世界带去愉悦的享受。（在这个世界上，不能只求实用性和功利性，还要有精神愉悦性，要有纯粹的美和快乐。）

依次注释：

1. 毫无用处：秋云没有水汽，不能降雨给大地和庄稼了；似乎成了废物。

2. 假如：两个假如其实是渴望。“我”渴望与神快乐地玩耍。

3. 空洞之物：指残云。

4. 结束：白天玩累了，夜里该休息了，世界和万物的生命就是这样周而复始，日夜更替。神也是如此，白天和“我”玩累了，到了晚上就要休息了。

5. 又会出现：第二天我们继续玩，就这样日复一日地玩，无休无止。

81

闲散的日子过了好多天，
我痛惜这失去的时间。
但光阴并未真的失去，我的主。
你把我生命的每一瞬间，
都掌握在你自己的手心。

你藏在种子、花蕾和花朵的心间，
你滋养着它们，
让种子萌芽，让花蕾开花，
让花朵结出果实连连。

我困了，在闲榻上睡眠，
以为万物也已经停歇。
早晨我醒来时却发现，
我的花园遍地是鲜花斗艳。

本诗大意：我总觉得啥事都不干的日子过得毫无意义，很可惜。但生命的意义不在于拼命干活，而在于纯洁和快乐。因此留出时间来，多一些快乐吧。

依次注释：

1. 闲散的日子：指无所事事，不干活。

2. 光阴并未真的失去：下文描写神为“我”创造了美好的事物和世界，让“我”看到、听到、感受到了美，因此“我”的光阴其实并未虚度，它用在了对世界的欣赏和自由、快乐中。

3. 掌握：寓意神教会了“我”生命的真正意义是什么，给了“我”真正的生命，纯洁快乐的生命。

4. 种子、花朵、果实：生命从诞生起，沿着该有的轨迹，一步步地走向长大、成熟、圆满、完美。神就是这样创造圆满完美的生命的，生命的真正意义也就在于此。

5. 闲榻、我的花园：均比喻“我”的精神世界。

6. 鲜花斗艳：比喻生命的绽放，即“我”的世界充满纯洁快乐。泰戈尔总是把鲜花盛开比喻为生命的绽放，把这视为纯洁、快乐的绽放。

82

我的主，你手里的光阴无穷无尽，
没有人能算得清你的时间。

日夜流转，
岁月如花开了又残。
你知道如何去等待。

你的世纪一个接着一个不间断，
只为了让一朵小小的野花变得越来越完美。

而我们没有时间可以失去，
正因为没有时间，
我们必须抓住一切机缘。
我们太缺时间，不能拖延。

对每一个抱怨和索要时间的人，
我都给了他时间。
时间就这样过去了，
最终你的祭坛上空空如也，
祭品都无一件。

白天一过我就急忙赶来，

生怕你的大门要关闭，
不过我发现，
你给我留了时间。

本诗大意：时间一晃而过，我们应该争分夺秒奉献爱心，追求纯洁和完美，这样才能真正实现生命的价值。

依次注释：

1. 我都给了他时间：指“我”帮助他人。泰戈尔认为敬神不需要去庙里祭拜，不需要做表面文章，而应该落实到行动中，在行为上体现对神的崇拜。也就是像神一样，把爱献给他人、献给社会。参见第 11 首。

2. 你的大门：比喻神的世界的入口。“我”灵魂纯洁了，神应该可以接纳“我”了。但“我”怕神过期不候，所以匆忙赶去。其实这只是“我”多余的担心（也凸显了“我”心情的迫切），只要“我”纯洁了，神随时都接受“我”，后面的“还有时间”就暗示了这一点。

83

母神啊，我要用悲伤的眼泪，
为你的脖子编织珍珠项链。

繁星以光制作了脚链，
用它来装饰你的脚腕，
但我的项链要挂在你的胸前。

财富和名声都来自于你，
你有给予或收回它们的决定权。
但这悲伤完全是我自己的，
当我把它作为供品向你供献，
你就会酬谢我以恩典。

本诗大意：我要把我最真挚的爱献给神，神也会赐我以爱和纯洁。

依次注释：

1. 母神：也就是“我”的神。

2. 悲伤的眼泪：比喻真挚的爱，只有挚爱才会有悲伤的眼泪。泰戈尔认为事物是相反相成的，爱也有快乐与悲伤的两面性，所以他有时也用悲伤来表达爱、深爱。

3. 胸前：胸前比脚腕更为重要，表示“我”比繁星更爱神，也就是没有谁比“我”更爱神，表达了对神的挚爱。

4. 财富和名声：物质财富来自自然界，人们通过开发大自然获得物质财富，并因此有了名利。自然界是神创造的，所以说财富与名声来自“你”，也由你来决定给谁和从谁手里收回。

5. 我自己的：强调“我”对神的爱发自自己的内心，没有任何外来的干扰或引诱，也就是“我”对神的爱是纯洁、虔诚的，不带丝毫功利或杂念。

6. 恩典：指神赐予“我”爱、纯洁、自由、快乐等等。

84

就是这分离的剧痛，
在整个世界蔓延，
让无垠的天宇生出形态万千。

就是这分离的悲伤，
整夜整夜地静观
一颗又一颗星星。
在七月多雨的昏暗里，
在飒飒作响的树叶间，
这悲伤变成了抒情的诗篇。

就是这痛苦不断地蔓延，
在人类的家园里，
深化成了爱和心愿，
深化成了苦难和快乐。
就是这蔓延的痛苦，
在歌声中不断地溶化，
流过我诗人的心田。

本诗大意：神造万物，让世界姿态万千。万物离开神都很痛苦，都想回到神那里，与神融为一体，我也不例外。实际上，痛苦和悲伤之中还有快乐和统一的歌声在流淌，万物的灵魂、我的灵魂依然和神在一起。

依次注释：

1. 分离：神造万物，万物从神身上分离开，独自成为一体。万物分离之后又想回到神那里，与神融为一体，但这不可能了，因此悲伤和痛苦。

2. 形态万千：神造万物，万物离开神才得以形成，才表现为各种形状。

3. 抒情的诗篇：分离无时无处不在，悲伤也就如同一首永恒的抒情诗，回荡在天地。这抒情诗其实就是神创作的，也只有神才能进行这样的创作。

4. 爱和心愿：痛苦到了极致就是挚爱，就是愿望，即更爱神，更想和神融为一体。

5. 人类的家园：人类与神也分离了，所以也悲伤，也渴望回到神那里。

85

勇士们第一次走出了他们主人的宫殿，
他们把战斗力藏到了哪里？
他们的盔甲和武器又在哪里？

他们显得无助和可怜，
敌人的弓箭如同倾盆大雨射向他们，
就在他们从宫殿走出来的那一天。

勇士们列队走回了宫殿，
他们又把武力藏到了哪里？

他们已经扔掉了刀剑和弓箭，
和平印在了他们的额头。
在他们列队回宫的那一天，
他们把生命的果实留在了后面。

本诗大意：武力不是解决社会与人类问题的根本办法，纯洁无私、勇于奉献、爱好和平才是。无数卑微而平凡的人是决定人类命运的力量。

依次注释：

1. 走出了：与下文列队行进对照，说明勇士们发展为具有战斗力的军队了。

2. 哪里：两个“哪里”指出勇士们毫无战斗力，甚至连兵器都没有，所以才有了下文的无助和可怜。

3. 藏到了哪里：勇士们凯旋时隐藏了战斗力。这里面隐藏着泰戈尔的世界观和价值观：第一，武力不是解决问题的根本办法，只会给人类带来更多的灾难，正义、和谐、平等、友爱才会让人类更加美好；第二，卑微有着巨大的力量，这种力量无时无处不在，是决定胜负的关键，是改变世界、平衡世界的无穷无尽的力量；第三，生命的意义和价值在于默默无闻的奉献，当生命的价值实现之后，平静地离开，不带走一滴水、一粒灰，连脚印都无需留下。这也不是深藏功名，因为卑微者连功名是什么都不知道！

4. 扔掉：出来时没有兵器，回去时放下兵器，其寓意就是使命完成了，也具有战斗力了，但兵器还是要扔掉，要回归本初。因为武力不是解决问题的根本办法，何须留着它。

5. 生命的果实：卑微者（勇士们）实现了使命（可理解为生命价值），无需留下来享受他们自己用生命换来的胜利果实（即和平），而是回到了来时的地方，仿佛还和原来的一样，什么事都没发生过。这一句的寓意是只求默默无闻的奉献，无需任何回报，无需留下痕迹。

86

死亡，你的仆人，
来到了我的门口。
他越过未知的大海，
到我家来传达你的召唤。

夜色黑暗，我很害怕。
但我要拿起油灯开门，
对他躬身表示欢迎。
站在我门口的是你派来的使臣。

我要流泪，双手合十，
以此来表明我对他的崇敬。

我要把心中的珍宝放在他的脚下，
以此来表明我对他的崇敬。

他的任务已完成，
就要踏上归程，
把黑影留在了我的早晨。
现在我家冷冷清清，
只剩下我自己孤苦伶仃，
作为我给你的最后祭品。

本诗大意：我渴望贪婪的灵魂死去，渴望纯洁灵魂的到来。

依次注释：

1. 死亡：神掌握着万物的生死权，还掌握着人类灵魂的生死大权，所以把死亡比喻为神的仆人。这里的死亡指精神上的死亡，即不纯洁、贪婪的死亡，只有贪婪死了，灵魂才得到纯洁的生命，才得到新生。

2. 未知的大海："我"在尘世贪婪的此岸，神在纯洁的彼岸，中间隔着一个未知的大海。从此岸到彼岸不知有多远，不知何时才能到达，也不知道这中间要经历什么，所以说"未知"。

3. 害怕：死亡来了（"我"的贪婪要灭亡了），"我"既因离开熟悉地方（贪婪的尘世）而害怕，也因去往陌生地方（纯洁世界）而害怕，心情很忐忑，但"我"还是希望贪婪的灵魂"死亡"、获得灵魂纯洁的"新生"。

4. 珍宝：指爱、对神的爱，也就是纯洁的灵魂。

5. 黑影：指死亡的影子。

6. 孤苦伶仃：指不能和神在一起。

7. 最后祭品：指孤苦伶仃的"我"把死亡作为祭品献给神，这是最后的"我"了，以后的"我"就是另外一个"我"了，是新生、纯洁的"我"了。

87

怀着殷切的希望，
我走进我的房间，
在每个角落寻找她，
但我怎么都找不见。

我的家很小很有限，
东西一旦走丢，
就再也无法找还。

但是，我的主人，
你的宅府无际无边，
为了寻找她，
我不得不来到你的门前。

我站在你傍晚的金色天穹下，
抬起渴望的眼睛望着你的脸。

我已经来到了永恒的边缘，
里面不会有什么能消失不见，
不管是希望，是幸福，
还是从泪眼中看见的脸。

啊，请把我空空的生命，
浸泡到这永恒的海洋里面，
请把它投入到最深的圆满。
请让我在宇宙的统一体中，
感受一次那已逝去的甜蜜缠绵。

本诗大意：我要回到纯真的世界。

依次注释：

1. 我的房间：指尘世、“我”现在生活的世界，而她（指已失去的孩童纯真）已经在另一个世界。下文“我的家”亦指尘世。

2. 你的宅府：指神的世界，它浩瀚无边。

3. 永恒：即永恒的纯洁世界、神的世界。

4. 空空的生命：指没有纯洁灵魂的生命，如同行尸走肉。

5. 永恒的海洋：指纯真、永恒、无边无际、无穷无尽的世界。

6. 感受一次那已逝去的甜蜜缠绵：孩童时“我”是纯真的，但她已消逝，现在请让“我”再与她缠绵一次吧。

88

废墟之庙的神祇！
断了弦的七弦琴不再赞颂你。
晚钟也不再为礼拜你而报时。
你周围的空气一片死寂。

游荡的春风来到你这荒芜的庙里，
它带来了花朵的消息——
以前祭拜你的花朵不再供奉给你。

以前祭拜你的那个人还在漂泊浪迹，
还在渴望得到至今仍被拒绝的恩赐。
当傍晚的灯火、阴影与尘土的灰暗交织在一起，
他带着饥渴的心，
疲惫不堪地又回到你这破庙里。

废墟之庙的神祇，
在你这里，
多少个节日毫无声息。
废墟之庙的神祇，
在你这里，
多少个祭拜之夜在黑灯瞎火中流逝。

手艺精湛的工匠打造了很多新的神像，
它们寿命一到就被扔到遗忘的圣河里。

废墟之庙的神祇，
你只是存在而已，
你无人拜祭，
永远被漠视。

本诗大意：真正的神不在庙里，在每个人的心里、每个人的行动中。本诗批评徒有其表、做做样子的敬神者。

依次注释：

1. 废墟之庙：庙已成废墟，无人再去，所以才有后面的几句。废墟之庙寓意做做样子的祭神毫无意义，没有存在的价值，终究沦为被人遗忘的场所。

2. 那个人：指徒有敬拜形式却无敬神之心的人。神没有在他们心中、他们的行为中，因此他们无法得到神的真爱。

3. 漂泊浪迹：比喻灵魂没有归属，祭拜没有发挥作用。

4. 恩赐：真正的神拒绝赐予恩典，要在心里、行动上体现神的旨意，那才是对神真正的祭拜，神才会赐予恩典。见第 10、11 首。

5. 毫无声息：节日在这里毫无声息，意味着节日时没人到你这里来。下文黑灯瞎火亦同义。

6. 遗忘的圣河：遗忘是一条河流，它带走一切应该带走的东西，没必要让它们留存。遗忘带走了假恶丑，让真善美留存，所以它是一条神圣的河流。

89

我不再喧哗和大声说话，
这是我主的旨意。
从此我轻声细语，
我要用低声吟唱说出我的心语。

人们匆匆赶去国王的集市，
所有的买卖人都在那里。
但在正午生意最红火时，
我却不是时候地离去。

就让花朵盛开在我的花园里，
虽然还未到鲜花盛开时。
就让蜜蜂在正午时分，
弹奏它们懒洋洋的嗡嗡曲。

我已经在善与恶的冲突中耗费多时，
但现在我的玩伴，也就是这空闲的日子，
以他的快乐把我的心拉到他那里去。
我不知道为什么这突然的召唤，
会带来多么无用、不可理喻的结局！

本诗大意：我不再参与尘世的贪婪纷争，要去到纯洁的世界。

依次注释：

1. 喧哗和大声说话：比喻杂念和贪欲。

2. 我主的旨意："我"的神希望"我"内心纯净、平静，用心来感悟万物和世界，而不是用嘴，从而让"我"获得纯洁、自由、快乐、爱的灵魂。

3. 国王的集市：泰戈尔常用集市来比喻贪婪的尘世，由此可知国王指尘世之王。

4. 不是时候地离去：指在最繁忙、最赚钱的时候离开，隐喻"我"舍弃了物质财富。

5. 花朵：比喻无欲无求，纯洁快乐。

6. 我的花园：与集市相对立，指"我"的纯洁世界。

7. 未到鲜花盛开时：还没到开花的时间就要开花，表达"我"去往纯洁世界、获得纯洁灵魂的迫切愿望。

8. 懒洋洋的嗡嗡曲：比喻随心所欲地享受闲暇快乐的时光。鲜花和蜜蜂象征美好和谐的世界。

9. 善与恶的冲突：人性中总有善与恶的冲突和摇摆，就看你如何取舍。

10. 空闲的日子：指不获取财富和权势的时候，即没有贪欲的时候。没有贪欲的时候才是我真正的玩伴、灵魂的玩伴，才能让"我"的灵魂喜悦。

11. 不可理喻的结局：不干活，没有挣到钱，毫无收获，只顾快乐去了，这样的快乐毫无用处，违背常理，不可理喻。这是从世人角度来说的。

90

如果有一天死亡来敲你的门，
你会以什么来向他奉献？

哦，我会在这位客人面前
摆上装满我生命的容器，
我决不会让他空手而返。

在我的日子结束的大限，
当死亡叩响我的家门，
我将把我全部秋日和夏夜的所有香甜，
把我忙碌的生命的全部所得和积攒，
都摆放在他的面前。

本诗大意：我尘世的贪婪就要死亡了，我要把全部的贪婪扔掉，回归给神，同时把纯洁留给自己，也献给神、回归给神。

依次注释：

1. 死亡：指贪婪（或贪婪的灵魂）的死亡，不是人的肉体死亡。贪婪的死亡是纯洁的开始，是好事，所以“我”要向死亡敬献，感谢他让“我”的贪婪死亡。

2. 我决不会让他空手而返：死亡把“我”纯洁的生命拿回去向“我”的神汇报，让神知道“我”的生命、灵魂纯洁了，神可以接纳了。

3. 香甜：比喻“我”在尘世中的日子过得很甜美，见识了尘世是什么样子的，“我”知足了，要离开了。

4. 我忙碌的生命：指在尘世中攫取功名利禄。泰戈尔常把忙碌等同于贪婪，把悠闲（闲散）等同于快乐。

91

啊，死亡，我的死亡，
你这生命的最终圆满，
过来和我说悄悄话吧！

我天天把你守望，
为你承受着生命的快乐与痛苦。

我的全部存在、拥有和希望，
还有我全部的爱，
一直在隐秘的深处中向你流淌。
只需你对我看上最后的一眼，
我的生命就永远归你执掌。

鲜花已编成花环，
花环已为新郎准备妥当，
婚礼后新娘将离开她的家，
在孤寂的夜里独自去见她的新郎。

本诗大意：让贪婪最终彻底死去，让纯洁快点到来。

依次注释：

1. 死亡：指贪婪（或贪婪的灵魂）的死亡。

2. 生命的最终圆满：生命指精神、灵魂的生命。死亡意味着生命得到了最后圆满，即实现了爱、纯洁、自由、快乐。泰戈尔对灵魂的生死有很多论述，基本思想是：灵魂有生有死，相互依存，但一直沿着生的方向发展。灵魂的生指灵魂与世界融为一体，灵魂的死指灵魂固守在自己狭隘的世界里。灵魂的死是灵魂的外表，是幻境、虚幻、不真，灵魂的生才是真。狭隘的灵魂不断地发展演变，向着灵魂的生、向着世界汇合。狭隘灵魂的每一次发展变化都被称为死。灵魂的生命既是有限的，也是无限的，灵魂需要经过很多道死亡之门才能实现永恒。

3. 快乐与痛苦：灵魂的生命中有快乐（纯洁时），也有痛苦（贪婪时），但“我”都承受着，就是为了死亡早日到来，也就是盼望贪欲死去，纯洁诞生。

4. 隐秘的深处：指不为人知。“我”对神的爱是隐秘的，所以对贪欲之死的爱也是隐秘的，因为“我”希望“我”与神独处，那个世界只有“我”与神，无比纯洁，无比快乐。

5. 花环：比喻崇拜和崇敬。

6. 新郎：指“我”的神。

7. 新娘：指“我”。

8. 她的家：指“我”狭隘的世界。没有贪欲了，也就没有狭隘的世界了，“我”的世界与神的世界融合在一起了。

9. 孤寂的夜：“我”只身前往，所以孤寂，是充满喜悦的孤寂。神一般在宁静时出现，而深夜是宁静的，所以泰戈尔多用深夜来表示神的世界。

92

我很清楚，
尘世在我眼里消失的那一天就要来到。
我的生命将默默地离去，
在我的双眼盖上最后的幕布。

而繁星仍将守望着黑夜，
黎明还照常出露。
时光还像海浪一样起伏，
带来快乐与痛苦。

我想到了我的岁月一旦结束，
那岁月的屏障便会断裂开来，
在死亡之光中我将看见你的世界，
那世界充斥着无人理睬的财富。
在那里最低贱的坐席才珍贵十足，
在那里最卑微的生命才珍贵十足。

我曾渴望而不得之物，
我的已有之物，
都让它们逝去吧。
我只求能真正拥有我曾蔑视和忽视之物。

本诗大意：我的灵魂要抛弃贪婪的世界，去往纯洁的世界了。

依次注释：

1. 最后的幕布：指尘世（贪婪）的生命落幕，暗示纯洁的生命开始了。

2. 快乐与痛苦：指尘世中的苦与乐。

3. 我的岁月：指“我”在尘世的那段时间。

4. 屏障：指“我”与广阔世界之间的屏障，详见第71首注释。屏障破裂意味着“我”与广阔世界（神的世界）联系在一起了，融合在一起了。

5. 死亡之光：指死亡（贪欲的死亡）给了“我”光亮，让“我”看见了神的世界。

6. 财富：神的世界和尘世一样充满了物质财富，但无人关心和珍惜，无人追求。

7. 最低贱的坐席、最卑微的生命：最低贱和最卑微意味着一无所有，只剩下纯洁的灵魂，这是神最钟爱的，所以是最珍贵的。参见第10首。

8. 不得之物、已有之物：指物质财富。

9. 蔑视和忽视之物：指纯洁。

93

我要离开了，
和我告别吧，兄弟们！
我向你们各位鞠躬，
然后永别上路。

现在我交还房门的钥匙，
放弃所拥有的房屋。
我只求能得到你们最后的祝福。

我们做了多年的邻居，
但我得到的多于付出。
现在天已破晓，
照亮我黑暗角落的灯已熄灭。
召唤已经到来，
我已准备好踏上旅途。

本诗大意：我的灵魂要离开尘世了，感谢大家多年的关照，永别了。

依次注释：

1. 邻居：指尘世中的左邻右舍，也可指所有的世人。

“我”感谢多年来大家对“我”的关照，大家给予“我”的太多。

2. 破晓：比喻黑暗的尘世生命终结，纯洁生命开始。

3. 黑暗角落：比喻充满贪欲的尘世。

4. 灯：比喻“我”尘世中的指路灯，“我”不再需要它了。

94

在我离去之时，
朋友们，祝我好运吧！
天空被朝霞染红，
我的旅途很美丽。

不要问我带什么去那里，
我两手空空上路，
只带着一颗期盼的心。

我要戴上婚礼的花环，
我穿的不是旅行者的棕红色裙子。
路途虽然有危险，
但我的心毫无畏惧。

我的旅途结束时，
那颗晚星将会闪熠，
那首忧伤的黄昏乐曲，
将从国王的大门口响起。

本诗大意：我要去神的世界了，神会欢迎我的。

依次注释：

1. 旅途：指“我”去神的世界的旅途。

2. 两手空空：指不带礼物，最大的礼物就是“我”虔诚和纯洁的灵魂。

3. 婚礼的花环：戴上它意味着要出嫁，把“我”的灵魂嫁给神。

4. 那颗晚星：即长庚星，比喻神在指引和迎接“我”。

5. 忧伤：因思念和向往神而忧伤。

6. 国王的大门口：比喻神的世界的入口。

95

我并没有去留意
我刚刚跨入今生门槛的那一刻。

这是什么样的力量啊，
让我像午夜森林里的花蕾一样，
绽放在这浩瀚的神秘里！

当我在早晨看着晨曦时，
那一刻我感觉我不再是这个世界的陌生人。
无名无形的神秘以我生母的姿势，
把我揽入它的怀抱里。

在死亡里情况也是如此，
同样的未知将会呈现为我已知的样子。
因为我爱尘世的生，
我知道我也会同样爱尘世的死。

当母亲把右乳从婴儿的嘴里拿开时，
婴儿哭了，但马上又在左乳找到了安适。

本诗大意：我的灵魂来到人世时，看到了这个世界的美好；我的灵魂离开尘世时，将依然看到一个美好的世界。本诗的生、死可理解为肉体的生死，也可理解为精神、灵魂的生死。

依次注释：

1. 浩瀚的神秘：指世界（宇宙），它充满了神秘，“我”倍感惊奇，与狭隘的世俗世界完全不同，令“我”神往。

2. 森林里的花蕾：森林比喻纯洁的精神世界，花蕾比喻幼小和纯洁的生命，它在纯洁的世界里自由地开放，快乐无比。

3. 不再是这个世界的陌生人：这世界那么美好，“我”并不感到陌生，因为“我”来之前就知道了（在娘胎里“我”就见过了，娘胎就是“我”美好的世界）。寓意世界的美好是无始无终、无处不在的。

4. 同样的未知：指与大自然一样的神秘、未知。今生是美好的，来生虽然是未知的，但它同样也是美好的，寓意美好和纯洁是永恒的，是无始无终、无处不在的。

5. 左、右乳：比喻生和死的不同世界，“我”都会从中得到美好和纯洁的呵护，因此“死”和“生”都一样，都是“我”的所爱。

96

我此后就要离开这里，
就让这句话作为我的告别语吧：
我的经历无与伦比。

我尝过了这朵莲花隐藏的花蜜，
莲花开放在无边无际的光明里，
我因此得到了祝福。
就让这作为我的告别话语。

在这个千姿百态的游戏室里，
我已经玩耍完毕，
在这里我还看见了无形的他。

我全身和四肢随着他的触摸而颤栗，
而无人能将他触及。
如果结束就在此时，
那就让它来吧。
就让这作为我的告别话语。

本诗大意：我的灵魂要离开尘世了，它已经经历过尘世的美好，现在要和尘世告别，去纯洁的世界了。

依次注释:

1. 隐藏的花蜜：比喻最珍贵的东西，即爱、纯洁、快乐、自由等。

2. 这朵莲花：比喻重要的位置、纯洁世界的中心。

3. 无边无际的光明：指纯洁的精神世界。

4. 得到了祝福:“我”品尝过了纯洁和快乐，这是神、也是尘世给“我”的福恩,“我”知足了。

5. 千姿百态：指尘世、人间的各种生命形态和物质形态。

6. 游戏室：指尘世、人间。

7. 无形的他：指神。神创造世界，无所不在，没有具体的形态。看见了神意味着要去追随神。

8. 他的触摸：比喻神的爱。神的触摸让“我”颤栗，意味着“我”被打动了，要跟随神而去。

9. 结束：指“我”的灵魂要结束在尘世的生命，奔向纯洁的世界。

97

我和你玩耍时从来不问你是谁，
我不知道羞怯和畏惧，
我的生命欢腾无比。

一大早你就像我的亲密伙伴，
把我从睡眠中叫起，
带我跑过一片片林间空地。

在那些日子里，
我不会费心去了解你唱给我的歌的含义，
我只需张嘴跟着唱就好，
我的心跟着那些歌的节奏起舞。

现在玩耍的时间已经结束，
突然出现在我眼前的是什么景致？
世界躬下了身子，
与它所有的星星一起，
在你面前恭敬地站立。

本诗大意：我和快乐是亲密的伙伴，这让世界崇敬不已。

依次注释：

1. 你：指快乐、自由等，因为只有快乐、自由、爱等神创造世界的动力源泉才会让世界敬重（最后一节）。

2. 林间空地：比喻纯洁快乐的空间。泰戈尔作品中有时用林地比喻悠闲、纯净。

3. 不会费心：只要是快乐就够了，不必去深究快乐的来龙去脉。

98

我要用战利品来装饰你，
那战利品就是我战败的花环。
想不被征服，想逃逸，
我可没有这样的能力。

我当然知道我的傲慢肯定会碰壁，
我的生命将因过度的痛苦而冲破束缚。
就像空空的芦笛呜咽地吹起，
我空荡荡的心将在音乐中啜泣，
那泪水甚至都能溶解顽石。

我当然还知道，
莲花的上百个花瓣不会永远都拢闭，
它隐秘的花蜜总会显示。

蓝天里有只眼睛将把我注视，
将默默地把我召唤。
我将一无所有，什么都没有，
我将在你的脚下接受彻底的死。

本诗大意：我的灵魂彻底被神征服了，毫无抵抗之力。我的灵魂要脱胎换骨，变得纯洁，要去神那里。

依次注释：

1. 战败的花环：战败的花环比喻贪婪败给纯洁，原本贪婪的“我”甘愿变得纯洁，臣服于神，听从于神。

2. 过度的痛苦：指极度渴望奉献给神的痛苦。

3. 空荡荡的心：即屏障内的灵魂空空如也，只有傲慢和贪欲之类的自私灵魂，没有爱、快乐、自由，灵魂形同行尸走肉。

4. 莲花：比喻纯洁的精神世界的中心。这个世界不会总是关闭、拒绝“我”的。

5. 隐秘：指最圣洁之处。

6. 彻底的死：指傲慢、贪婪等灵魂中所有不纯洁的都将彻底灭亡，留下纯洁的灵魂，可以交给神了。

99

我交出了船舵，
我知道你接管的时候到了。
该做的马上就做，
挣扎是徒劳的。

我的心啊，那就拿开你的双手，
静静地接受你的失败。
要把能在你现在的位置完全安静地坐着，
当作是你上好的运气。

每一阵微风都吹灭我的这些灯火，
为了点亮它们，
其他事情我一次又一次地忘记了。

但这次我聪明了，
我就在黑暗中等着，
在地上铺开席子，
我的主，什么时候你高兴了，
就请静静地过来上座。

本诗大意：我把灵魂交给神来把握方向了，听从神的指挥。现在就等神的到来了。

依次注释：

1. 船舵：比喻生命的方向。交出船舵也就是把“我”的灵魂交由神来掌握和指引方向了。

2. 失败：贪婪被纯洁打败，即“我”的灵魂无法抗拒神，一心向往神。

3. 点亮：点灯是为了恭候神的到来。

100

我潜入有形之海的深处，
希望得到无形的完美珍珠。

我不再驾驶这条饱经风雨的破船，
从一个港埠航行到另一个港埠，
我在海浪上颠簸玩耍的日子早已结束。

现在我渴望沉浸于不死之中。

我要带上我的生命之琴，
进入无底深渊旁的听众大厅，
那里飘荡着不成曲调的琴声。

我要把我的琴调出永恒之声，
当它呜咽地发出最后一声后，
我在静默的脚边放下了我静默的琴。

本诗大意：我无法再忍受尘世的假恶丑，要变得纯洁完美，传播真善美，让尘世变得美好。

依次注释：

1. 有形之海：指尘世。深处当指人性的真善美所在之处，因为那里才会有“珍珠”。

2. 完美珍珠：比喻最珍贵之物——爱、纯洁、快乐、自由等，它们是无形的。

3. 饱经风雨的破船：指“我”历尽磨难的灵魂。“我”的灵魂不想再飘摇、漂泊了。

4. 沉浸于不死之中：灵魂根除假恶丑后，变成了真善美的灵魂，由此进入了永恒不死的状态。

5. 无底深渊：指尘世的中心，至善与至恶所在。

6. 听众厅：指善恶的外表所在，能被听（观）者直接感受到。泰戈尔认为事物的规律或真理是抽象的，但事物的外表（声、光、色等）我们可以直接感受到，对于这些外表而言，我们就相当于在听（观）众厅里看见或听见的。

7. 不成曲调的琴声：指不和谐的歌声，即假恶丑的喧闹声。

8. 永恒之声：指纯洁、爱、快乐、自由等真善美，它们是永恒不死的。

9. 呜咽：既可指悲极而泣，也可指喜极而泣，更可指悲喜交加而哭泣。

10. 静默：可理解为“我”向往的世界或神。这一句的含义是和谐曲演奏完毕后，不再有噪音，一切归于宁静和美。

101

在我的一生里，
我一直用我的歌来寻找你，
是它们挨家挨户地指引我，
让我认识了我自己，
让我去寻找和接触我的世界。

是我的歌教给了我学到的所有知识，
它们把隐秘的道路向我昭示，
把我心中地平线上的繁星带到我眼前。

它们从早到晚指引我到快乐和痛苦之国的神秘中去，
到最后，在旅途尽头的黄昏里，
它们把我带到了什么样的宫殿门口？

本诗大意：我用真诚的心去寻找纯洁的世界，我一直在找，也找到了。

依次注释：

1. 我的歌：歌声反映真实的内心，用歌声寻找也就是用“我”的心去寻找。

2. 挨家挨户：比喻踏遍尘世去寻觅神。在此过程中

“我”知道了什么是假恶丑，什么是真善美。

3. 我的世界：指“我”的灵魂世界。在找神过程中“我”认识了真正的自己应该是什么样的，“我”触碰到了纯洁的灵魂世界。

4. 隐秘的道路：指通向纯洁的灵魂世界的道路。那条道路需要用真诚的心去发现。

5. 地平线：指“我”目前的世界，它已经扩展到了能让“我”看见繁星了，与纯洁的世界有了触碰了。

6. 繁星：比喻纯洁世界的所在。在泰戈尔作品中，星星常被赋予指引方向和宁静致远的含义。

7. 快乐和痛苦之国：等同于纯洁世界。在纯洁世界里也有快乐和痛苦，但它们是一体的、和谐的。

8. 宫殿门口：指纯洁世界的大门。

102

我在人群里夸口说我认识你。
他们在我所有的作品里都看见了你的身影。
他们走过来问我："他是谁？"
我不知道该怎么回答，
我说："我说不清楚，真的。"
他们责怪我，一脸鄙夷地离去。
而你微笑着，就坐在那里。

我把你的传说编成流传的歌曲，
我的心中涌现出了那个秘密。
他们走过来要求我说：
"把你所有歌曲的含义都告诉我吧。"
我不知道该怎么回答他们，
我说："啊，谁知道它们是什么意思！"
他们笑了笑，满脸鄙夷地离去。
而你微笑着，就坐在那里。

本诗大意：神不是靠嘴巴来形容的，要靠心灵去感悟。

依次注释：

1. 你：指神。

2. 在我所有的作品里：说明“我”对神一直在歌颂和赞美，并且希望歌颂和赞美永远流传下去。

3. 我说不清楚：“我”虽然和神神交很久，但没“见过面”，所以“我”说不清楚。而且，神不是用嘴说出来的，是要用心去感受的。

4. 鄙夷：人们一脸鄙夷，说明众生很不以为然，根本不理解什么是神。他们以为别人用嘴巴解释一下就能让他们理解神了，而不知道神要落在心中、行动中。

5. 微笑：比喻“我”和神永远在交流，心心相印。

6. 那个秘密：指“我”与神之间的秘密，就如同恋人之间的秘密一样。

7. 歌曲的含义：指神是什么样的、神有什么作用、神能给予我们什么，等等。

8. 谁知道它们是什么意思：指神不是靠嘴巴说得清的，要用心来感受，就如同唱歌是发自肺腑一样。

103

我的神啊，在向你致敬中，
让我所有的感觉都舒展开来，
把你脚下的这个世界触碰。

在向你致敬中，
让我的整个心灵，
在你的门口深深地鞠躬，
就像七月未下雨的雨云，
在低低地垂下它的负重。

在向你致敬中，
让我所有的歌，
把不同的曲调聚拢，
汇成唯一的一条歌流，
流到浩瀚的静默中。

就像思归故里的鹤群，
日夜不停地飞回它们的山巢，
在向你致敬中，
让我的整个生命踏上旅程，
去到它永恒的家中。

本诗大意：我向神致敬，向神奉献自己。我要到神的世界，那里才是我永恒的家园。

依次注释：

1. 这个世界：指神的世界，即纯洁的世界。触碰这个世界意味着崇拜这个世界，向往这个世界。

2. 我所有的歌：指“我”所有的自由和快乐、“我”整个灵魂。

3. 浩瀚的静默：指神的世界。

4. 永恒的家：指神的世界，纯洁灵魂的家园。

采果集

01

快召唤我吧，我要把我的果实都摘走，把它们装满篮筐带到你门前的院子里，尽管有些已经坏掉，有些还没熟透。

这个季节因为丰实而变得沉甸甸，牧童如泣如诉的笛声在树荫下流连。

快召唤我吧，我要在河上扬帆启程。

三月的风片刻都不肯消停，把慵懒的水浪撩拨得浅吟低唱。

花园已经挂满了果实。在傍晚的倦怠时分，在夕阳下，从河对岸你的家里传来了召唤的声音。

本诗大意：我的灵魂要去往神的世界（大自然，直到整个宇宙）。

依次注释：

1. 我的果实：寓意“我”的生命圆满了，结满了爱的果实，急切地想把爱奉献给“你”。

2. 你：指“我”向往的“神”（自由快乐的世界、大自然）。

3. 坏掉、没熟透：寓意“我”生命中的美中不足、瑕疵。泰戈尔的世界观和生命观都是对立统一、相反相成的，不完美只不过是完美中的一部分罢了，它会向完美转变的，实属正常。

4. 花园：指“我”的生命。“我”的生命已经做到了它所能做到的一切，发挥到了极致，也就是生命已经圆满，圆满之后只等着奉献了。

5. 傍晚：泰戈尔作品中，常把安静的黄昏、夜晚和深夜比喻为灵魂的安静和默想，寓意可与神心意相通。

6. 对岸：河的两岸比喻两个不同的世界，对岸指神的世界。参见《吉檀迦利》第 21 首。

02

我的生命一度青春芳华，犹如一朵盛开的鲜花。当和煦的春风来到她的门口乞讨时，她从富饶的身上施舍了一两片花瓣，从不觉得有什么匮乏。

现在青春已到了尽头，我的生命就像一颗果实，已经没有什么可以施与，只等着彻底地奉献她自己，包括那沉甸甸的甜蜜。

本诗大意：生命顺势而为，年轻时尽情释放活力，最后结为饱满的果实奉献出去，生命得以圆满完结。

03

夏日的欢庆难道只为鲜花，而不为枯叶和残花？

大海的歌声难道只应和翻起的波浪，

它不是也应和着落下的波浪？

珠宝被编织到了我的国王站立的地毯里，但是泥土耐心地等着被他的双脚触及。

坐在我主人身边、精明得势的人已经寥寥无几，但是他却拥抱我这个愚钝的人，让我永远做他的仆人。

本诗大意：普通、平凡才是最伟大的。

依次注释：

1. 夏天和大海寓意世界或神，神并没有只爱光鲜亮丽者（鲜花、浪花），事实上他更钟爱底层的卑微者（枯叶残花、浪底）。

2. 珠宝与精明得势代表光鲜亮丽，象征高贵、高傲，隐喻假恶丑，泥土与愚钝代表平凡普通，象征卑微、卑贱，隐喻真善美。

3. 国王和主人寓意我向往的神（世界、大自然）。

4. “坐在我主人身边”一句的含义：国王身边得力干将没几个，按理国王应该更加喜欢和重用他们，但没想到他却垂青普通平凡的人。其寓意就是神爱普通人，永远与普通人在一起。

04

我睡醒了，发现他的信与黎明一起到来。

我不知道信上说了什么，因为我实在看不明白。

就让那个聪明人独自看书吧，我不会去麻烦他，因为谁知道他是否能看懂信里说的是什么。

我要把信举到额头，贴在心口。

当更深夜静、星星闪现时，我会在膝上摊开这封信，保持安静。

树叶飒飒，把信大声地读给我听；流水淙淙，把信放声地唱诵；聪明的七星也会从天上把信唱给我听。

我求而不得，学而无获；但这封原来看不懂的信，现在已经减轻了我的负担，把我的所思所想化成了歌曲。

本诗大意：世界的真谛是爱，是快乐，是自由，是真善美，就看你是否能感受得到。从书里是感受不到的，要用心去感受，要到大自然去，从大自然的运转、韵律去感受。

依次注释：

1. 信：指世界（大自然）的爱、快乐等真善美，它们传到了我心里。

2. 看不明白：暗示这封信不是用眼睛来看的，而是用心来感受的，要到大自然去感受的。

3. 聪明人：所谓的聪明人、书呆子只会在书里寻找真善美，那不是真正的真善美，所以说他不能读懂信。

4. 举到额头：额头在印度宗教里象征着重要，举到额头表明信非常重要。

5. 贴在心口：暗示要用心来读这封信。

6. 保持安静：让心静下来，倾听和感受大自然的真善美。下一段写的就是大自然的真善美。

7. 求而不得，学而无获：潜台词是“我”寻找的方法不对，所以找不到。直到那封信来了，我才懂得该如何去寻找我想要的。

8. 负担：指心理负担。是找不到、领悟不了而造成的，是封闭在自己的世界造成的。

9. 歌曲：指内心的真实感受得以真实地表达，也就是我找到、学到了，能把它们真实地表达出来了。泰戈尔认为音乐比文字更能真实地表达思想和感情，甚至只有音乐才能做到这一点。

05

以前连一撮尘土都能掩盖你的信息，因为我不懂它的含义。

现在我已经聪明如许，能透过原来掩盖它的万物，将它研习。

它描绘在花瓣片片；它闪耀在浪花飞溅；它高举在群山之巅。

我曾把目光从你的身上游离，因而曲解了你的信息，没有读懂它们的含义。

本诗大意：以前我看不懂世界，也不想看懂，现在我看懂了，知道了世界的真谛。

注释：

信息：指“你”（神，即大自然）的真谛，也就是爱、快乐等。那真谛在美丽的鲜花里，在快乐的浪花里，在寂静的山顶上。

06

在铺好路的地方我反而会迷路。

在海里，在天上，根本就没有什么路。

路藏在鸟儿的翅膀里，藏在闪烁的星光里，藏在四季流转的花朵里。

我问我的心，它的血液是否流淌着那看不见的路的睿智。

本诗大意：生命之路不在眼里，而是在心里、在行动上。

依次注释：

1. 路：指生命之路，心灵之路。
2. 藏：指路在心里，在实际行动上。
3. 睿智：找到正确道路的睿智，即追求真善美的智慧。

07

哎呀，我不能再留在这个家，我已经从有家变成了不需要家，那个永恒的陌生人在召唤我，他正在路上走着哪。

他的脚步声敲击着我的胸脯，让我痛苦！

风起了，海在低吟。我放下了一切的执念和疑问，追随那不需要家的潮水，因为那个永恒的陌生人在召唤我，他正在路上前行。

本诗大意：我要走出自己贪婪的小家，奔向外面纯洁、自由快乐的世界大家。

依次注释：

1. 家：比喻个人的小世界（小家），也比喻物欲横流的尘世。我要离开这样的世界，去到无边无际的快乐大世界（大家）。

2. 不需要家：并非无家可归，而是外面无边无际的世界不需要家，它本身就是一个大家庭。

3. 永恒的陌生人：指神，即外面无边无际的世界。外面的世界无边无际，充满神秘，所以是陌生的。

4. 路：指世界运行的轨道、规律。在路上走就是世界在沿着它固有的规律在运行。

5. 执念：指尘世的物欲、功名利禄之类的事情。

08

做好准备出发吧，我的心！让那些执意流连的心去流连吧。

因为黎明的天空已经传来了对你名字的呼唤。

谁都不等了！

花蕾渴望深夜和朝露，但盛开的鲜花呼唤阳光的自由浇洒。

冲开你的牢笼吧，我的心，出来吧！

本诗大意：与第7首相同，也是逃脱小家，奔向大家庭。

依次注释：

1. 流连：指不愿意离开自己的贪婪小世界（小家）。

2. 牢笼：指人的自私自利、贪婪、追求名利权力等等，它们把人与外面的世界（大家）隔绝开了，就像牢笼一样把人禁锢在里面，形成一个小世界、小家。

09

我曾流连在我储藏的财宝中，感觉就像是一条水果虫，生于果又暗自以果为食。

现在我要离开这个腐烂的牢笼。

我不想逗留在这腐朽的死气沉沉当中，我要去寻找永恒的青春。我要抛弃一切负重，它们和我的生命不相容，不如我的欢笑轻松。

我要穿行在时光中。啊，我的心，那个诗人在云游四海，放声唱诵，他在你这颗心灵之车里舞动。

本诗大意：与第7、8首相同，也是我要离开小家，去往真善美的大家。《吉檀迦利》第12、31首与本诗有相同的寓意。

依次注释：

1. 财宝：物质财富，比喻物欲、贪婪。

2. 水果虫：比喻贪婪、自利、封闭的生命，它最终会耗竭。

3. 牢笼：比喻封闭、隔绝的自私自利的小世界，就像个腐烂的苹果似的。

4. 永恒的青春：指我的生命（灵魂）与外面永恒世界融为一体后，就永恒不灭，永远充满活力。

5. 负重：指财宝，寓意尘世、物欲的沉重枷锁。

6. 欢笑：指自由快乐，没有了物欲的负重，就获得自由快乐，自然笑得轻松愉快。

7. 那个诗人：指真正的诗人。泰戈尔认为真正的诗人要歌颂世界的爱、快乐、自由、纯洁等；每个人的心里都装着一个真正的诗人，也就是每个人其实都有追求真善美的天性和渴望。因此这里的“那个诗人”隐喻爱、快乐、自由、纯洁等，隐喻真善美。

8. 唱诵：比喻自由快乐。在泰戈尔作品中，诗歌都是能吟唱的，只有自由快乐了才会有发自肺腑的歌声。

9. 心灵之车：乘车意味着出行，寓意心灵需要到处游历方能找到生命的真谛。详见《吉檀迦利》第 12 首。

10

你抓住我的手，把我拉到了你身边，让我高高地坐在所有人的前面，直到我胆小如鼠，无法动弹，不能走自己的路；每走一步都怀疑和三思，生怕踩到他们敌视的荆棘。

终于，我逃离了权力的峰巅！

打击来了，羞辱的鼓敲响了，我的坐席被扔到了尘土里面。

但我的路展现在了我的眼前。

我的翅膀对天空充满了期盼。

我要加入午夜的流星，投入幽深隐秘的黑暗。

我像夏天暴风雨催动的那朵云。它扔掉了金色的冠冕，把霹雳悬挂到一连串的闪电，犹如一把利剑。

在无比的快乐中，我在卑贱者的泥土路上飞奔，接近了你最后的欢迎。

婴儿离开母腹时得到了妈妈。

我离开你、从你家里被赶出来时，我自由自在地看见了你的脸。

本诗大意：逃离贪婪，奔向纯洁。《飞鸟集》第321首与本诗有相同的寓意。

依次注释：

1. 你：指“我”向往的神。

2. 自己的路：指自己内心向往的路（自由快乐之路），本句说“我”有权力了，但不自由不快乐。

3. 天空：比喻自由快乐的世界。

4. 利剑：比喻强大的意志和力量，它能摧毁贪欲，带来自由快乐。《吉檀迦利》第52、53首也有类似的隐喻。

5. 卑贱者：指一无所有者，隐喻灵魂纯洁和虔诚，其精神财富才是神对人类的期待，因此他们得到了神的青睐。

6. 泥土路：比喻纯洁、虔诚，与卑贱者对等。

7. 最后的欢迎：第一段神已经欢迎过“我”一次了，给了“我”权力，满足了“我”的贪欲；现在是最后一次，也是真实的一次欢迎。

8. 胎儿离开母腹时得到了妈妈：母腹（子宫）里外是不同的世界，婴儿虽然没有了子宫这个安逸的世界，但却得到了母亲充满了爱的世界。

11

我的这条珠宝项链啊，它装饰我只是为了嘲弄我。

它刮伤了我的颈脖，我竭力想把它扯下来，但它紧紧地勒住了我。

它掐住了我的喉咙，让我窒息唱不出歌。

我的主人，我只有把它交到你手上，才能拯救我。

请你把它从我身上拿走，作为交换，你就用花环把我和你套在一起吧，因为我羞于戴着这条珠宝项链站在你的面前。

本诗大意：摈弃物欲，让心灵纯洁真诚。

依次注释：

1. 珠宝项链：指物质财富，比喻物欲、贪婪。

2. 刮伤、勒住、掐住：比喻对物质财富的贪婪损害了“我”纯洁的灵魂，让它窒息。

3. 拯救：贪婪让“我”灵魂肮脏，生命枯萎耗竭。要拯救“我”，就必须让“我”灵魂纯洁，而只有唾弃物质财富，把它交回给神，灵魂才能纯洁，即获得新生。

4. 交换：神拯救了“我”，“我”拿什么做交换或回报呢？就是拿“我”纯洁的灵魂，把“我”的纯洁灵魂献给神，与神永远在一起。这就是套在一起的含义。

5. 花环：象征爱、纯洁等美好的一切。

6. 套在一起：指“我”希冀和神永远在一起。

7. 羞：神不需要“我”的物质财富，期待的是“我”的爱、纯洁和真诚，所以戴着珠宝项链去见神会让“我”感到羞愧。

12

下面的深处奔流着亚穆纳河，湍急而清澈，上面的河岸岩石嶙峋，都是皱褶。

河流环抱着群山，山上的树林郁郁葱葱，山间溪流淙淙，划出一道道痕迹。

锡克教的大师戈文达坐在岸边的岩石上研习经文。他的门徒，以财富为骄傲的拉古那斯，走了过来向他鞠躬施礼，说道：“我给您献上一份薄礼，恳请笑纳。”

说着他拿出了一对装饰着贵重宝石的金手镯，递到大师的跟前。

大师拿起了一只手镯，把它绕在一根手指上旋转起来，钻石闪射出一道道的亮光。

突然手镯从他手里滑落，滚下河岸，掉入了水里。

“我的天啊！”拉古那斯尖叫一声，跳入了激流。

大师又专注地研习经文，河水藏着偷回来的手镯，继续向前奔流。

白日将尽，拉古那斯精疲力尽，湿漉漉地回到了大师身旁。

他气喘吁吁地说：“要是您能指给我看手镯掉到了哪里，我还可以把它找回来。”

大师拿起了剩下的那一只手镯，扔进了河里，说：“它掉到了那里。”

本诗寓意：要摈弃物欲，净化心灵。

依次注释：

1. 亚穆纳河：位于印度北部，是印度的圣河之一。

2. 戈文达：锡克教的创始人之一。

3. 偷回来：暗指物质财富本来是大自然的。

13

向前走，就能时时刻刻见到你，

你是我旅途的伙伴！

向前走，就能伴着你的脚步声唱出歌曲。

被你的呼吸触碰到的人，不会在靠近河岸、能停船的地方慢悠悠地划船。

他会不顾一切地扬起风帆，乘风破浪，在急流中勇往直前。

打开门向外走的人，肯定会受到你的欢迎。

他不会留在家里清点赚了多少，不会叹息赔了多少。他的心击打着前进之鼓，因为它要和你一起向前迈步。

你是我旅途的伙伴！

本诗大意：有了神的陪伴（即心里有了神、向往自由快乐），人就能去到自由快乐的世界。

依次注释：

1. 你：指“我”的神。神与“我”同行，给“我”指路。

2. 唱出歌曲：指自由快乐的心情。

3. 靠近河岸、能停船的地方：比喻停滞不前、不愿向往纯洁和自由快乐。

4. 触碰：比喻得到“神”的爱。

14

在这个世界上，我生命中的最好来自你的双手，这是你的承诺。

因此你的光辉在我的眼泪中闪烁。

我害怕别人来引路，那样会把你错过。你一直在路边的角落，等着做我的引路人。

我任性地走自己的路，直到我的胡闹把你招引到我的门口。

因为我得到了你的承诺，在这个世界上，我生命中的最好来自你的双手。

本诗大意：我最美好的生命来自于神的爱，即我最美好的生命在于爱，在于自由快乐。

依次注释：

1. 你：指神。“我”的生命中有浑浑噩噩、贪婪沉沦的部分，也有得到神的爱的部分，神爱“我”的部分是“我”生命中最好的部分。

2. 承诺：指神承诺要将“我”引向充满爱和自由快乐的精神世界。实际上是“我”渴望去到那样的世界，也相信能到达那里。

3. 光辉：比喻神对“我”的指引和爱。

4. 任性、胡闹：两者都是指“我”生命中的胡作非为，也就是贪婪，自私自利，追求物欲和权力，傲慢等等。

15

我的主人，你的话语朴实无华，但他们关于你的言谈却不是。

我能听懂你群星的声音，也能领悟你树林的寂静。

我知道我的心会像花儿一样盛开，也知道我的生命已经在隐藏的泉边把自己装满。

你的歌就像孤零零的雪地的小鸟，要飞到我的心里筑巢，想依偎在我心里那四月的温暖怀抱，我欣喜地等待着这快乐季节的来到。

本诗大意：爱无须多言，无须聒噪。心中有爱，春暖花开。

依次注释：

1. 我的主人：即“我”的神。

2. 话语：指爱（也泛指爱、自由、快乐、纯洁等真善美）的表达。

3. 他们：指自私自利、贪婪之类的人，这样的人谈起神时极尽各种赞美之词，滔滔不绝，但都是虚伪的，没一句真实，与神的朴实无华形成鲜明对比。

4. 声音、寂静：星光用无言的声音、树用它的寂静告诉了“我”什么是爱。也就是爱不必喧哗和华丽，无言、寂静、无所不在更胜一筹，所谓的一切尽在不言中。

5. 隐藏的泉：指爱的源泉。装满也就是把爱装满，生命由此充满了爱。

6. 歌：比喻爱的表达，与话语等同，也可以理解更进一步，即表达更深的爱。

7. 孤零零的雪地：指爱是需要传播的，需要在别处（别人）的身上才得以体现的，不能孤立地存在。孤立的爱（只爱自己）是冰冷的。

8. 筑巢：比喻建造爱之窝。爱也是一个“生命体”，也需要休憩、安睡的地方。泰戈尔经常用小鸟的生命活动来比喻自由快乐的活动和休憩睡眠：小鸟在天空自由的飞翔，这是生命的自由快乐的体现；小鸟累了就回到巢穴安睡，这是生命在休憩。

9. 心里那四月：指心灵的春天。

10. 快乐季节：有爱当然快乐。四月已经是春天了，比喻爱要来了，有爱的春天才是快乐的。这里的季节也不是真实的季节，是指心灵的季节。

16

他们轻车熟路，沿着那条狭窄的小路去找你。但我却在外面到处找你，一直找到夜里，因为我愚昧无知。

我没有上过什么学，不会害怕黑暗中的你，因此我不知不觉就来到了你门口的台阶。

那些聪明人斥责我，喝令我离开，因为我不是从那条小路走过来。

我在疑惑中转过了身，但你紧紧地抓住了我，于是他们对我的责骂与日俱增。

本诗大意：你们有知识有权力，聪明绝顶，但你们只知道去庙里拜神，说明你们只不过是做做样子而已，表里不一，心不纯洁，贪婪成习。我愚昧无知，一无所有，但我知道真正的神不在庙里，是在外面的广阔世界里，神在那里等我。我才不跟你们一样，你们尽管责骂我吧，我不在乎。进一步的解读就是神爱质朴的普通人。

本诗寓意与《吉檀迦利》第10、11首相同，读了那两首诗后对本诗就容易理解了。

依次注释：

1. 轻车熟路：经常去同一个地方，所以熟悉，隐喻那些人经常去的地方是寺庙，他们是去庙里拜神。

2. 狭窄的小路：比喻拥挤狭窄的世界。

3. 你：指神。

4. 到处找你：在外面的世界到处走，是自由快乐的，寓意神不在庙里，是在外面的世界里。

5. 愚昧无知：隐喻纯朴、质朴，代表原始质朴的印度古代文明，天人合一，人类与大自然和谐相处，其乐融融。反而有知识以后，人类就拼命去改造大自然了，人与大自然的和谐关系就被破坏了，天人合一的自由快乐世界就没了。

6. 不会害怕：指没有隔阂。

7. 黑暗：比喻世界的静谧和神秘，是神所在的地方。

8. 聪明人：与愚昧无知对立。指那些轻车熟路、有知识、聪明的人。他们接受良好的教育。有文化有知识，隐喻追求物质财富、权力等贪婪者，代表现代文明，天人对立，人类破坏和远离大自然，失去了自由快乐。

9. 疑惑：疑惑是因为“我”认为神应该能接受“我”，不应该拒绝“我”。

10. 抓住了我：比喻神爱我。

11. 责骂：“我”没有与他们沆瀣一气、同流合污，所以被责骂。

17

我从家里拿出土灯，喊道：“来吧，孩子们，我给你们照亮道路！”

我返回家时夜仍是黑沉沉的。我把路独自留在了黑夜的寂静里，它叫喊了起来：“啊，火光，快把我照亮，因为我的土灯已打碎在尘土里！”

本诗大意：孩子们有大人的关爱和指引，路呢？

注释：

道路：隐喻生命之路、生命的整个过程。泰戈尔认为芸芸众生只在乎生命的目的，不关注生命的过程（即路），而他本人很喜欢路，把路比喻为他的情人。

18

不，你无法让花蕾盛开为鲜花。

你能摇晃花蕾，能击打它；但让花蕾盛开超出你的力量了。

你的触碰玷污了它，你把它的花瓣撕成碎片，往尘土里撒。

但没有色彩出现，没有芳香飘洒。

收手吧！让花蕾盛开不是你能做得到的！

那个人，他轻而易举就可以让花蕾盛开。

他只需看它一眼，生命之液就在它的叶脉中奔涌。

他只需吹一口气，鲜花就能展翅在风中婆娑摇摆，

缤纷的五彩就会像心的渴望一样绽放，芳香就会散发甜美的秘密。

他轻而易举就可以让花蕾盛开。

本诗大意：要遵从大自然的运转规律，与它和谐相处。

依次注释：

1. 你：指不遵循自然规律、破坏大自然的人或行为。

2. 摇晃、击打、撕成碎片：这些是不爱惜花、破坏花正常生长的行为，比喻人类不爱惜大自然，破坏大自然。

3. 超出你的力量或能力：指人类或现代文明虽然强大，

但也还是有限的，无法随心所欲、为所欲为。

4. 没有色彩、没有芳香：比喻得不到应有的结果。

5. 他：指神，比喻大自然的运转规律，寓意人类要尊重大自然。

6. 看它一眼、吹一口气：比喻阳光和微风，它们才是花蕾盛开所需要的，是大自然给予的。

7. 秘密：指鲜花从种子到开花结果的过程，即万物生长的规律。

19

寒冬把池塘的莲花摧残得只剩下了一朵，花园的园丁苏达斯把它摘了下来，去到王宫门口，想把它卖给国王。

在那里他遇到了一位旅行者。旅行者对他说：“你给这最后一朵莲花开个价吧，我要把它献给佛陀。”

苏达斯说：“如果你能付给我一马萨金币，它就是你的了。”

旅行者支付金币买下了莲花。

正在此时，国王出来了，他很想买这朵莲花，因为他出门就是要去见佛陀。他心想：“把冬天开的莲花放在佛陀的脚下，那真是太妙了。”

园丁说旅行者已经给他一马萨金币了，国王说给他十马萨金币，但是旅行者又出了两倍价钱。

园丁很贪婪，幻想着从这二人为之竞价的佛陀那里得到更多的收入。于是他就鞠躬说：“这莲花我不卖了。”

在城墙外安静的芒果林荫下，苏达斯站在佛陀面前。佛陀的唇边流露出无声的慈爱，目光平静，犹如秋露洗过的晨星。

苏达斯凝望着佛陀的脸，把莲花放在他脚下，叩首到地上。

佛陀微笑着，问道："我的孩子，你的心愿是什么？"

苏达斯哭了："我只愿能稍微触摸一下您的双脚。"

本诗大意：园丁开始是贪婪的，见到佛陀后，感受到了佛的纯净灵魂，园丁的灵魂也被净化了。

依次注释：

1. 马萨：梵语中的重量单位，相当于1克。

2. 城墙：比喻城里是物欲横流的尘世，神不会在那里。泰戈尔常用墙来比喻墙里墙外是不同的世界。

3. 苏达斯哭了：被佛陀纯洁的灵魂感化而哭。

20

啊，黑夜，让我做你的诗人吧，蒙上了面纱的黑夜！

有些人在你的黑影里无声地坐着，度过了漫长的岁月，就让我把他们的歌纵情倾泻。

带上我吧，时光宫殿的王后，黑暗美丽的你！把我带上你没有轮子的车辇，无声无息地从一个世界奔驰到另一个世界。

多少颗寻问的心悄悄地进入了你家门前的院子，为了寻找答案在你没有灯光的家里游历。

那个神秘的人，用手里的快乐之箭刺破了多少颗心，让快乐的赞歌从心里迸发出来，震动了黑夜，直达它的根本。

那些觉醒的灵魂在星光中惊奇地凝望，凝望着他们突然之间发现的宝藏。

啊，黑夜，让我做他们的诗人，更要做你深不可测的寂静的诗人。

本诗大意：赞美孕育生命的黑夜。

依次注释：

1. 黑夜：泰戈尔常把黑夜比作孕育生命的母亲，所以黑夜是伟大的，值得赞美的。

2. 诗人：诗人的职责是歌唱爱、自由快乐、纯洁等等美好的事物，做黑夜的诗人意味着赞美黑夜。

3. 无声地坐着：这句的意思是有些人很崇拜黑夜想赞美黑夜，但因为黑夜不说话，很安静，所以他们也不敢说。

4. 他们的歌：指赞美黑夜的歌。

5. 没有轮子：意味着没有声音、寂静。

6. 时光宫殿：指时间的深处或核心，此句比喻王后是时间的主人，即造物主。

7. 从一个世界奔驰到另一个世界：指白天和黑夜两个世界，也就是整个世界。黑夜比喻生命在孕育或休憩，白天比喻生命在盛开或活跃。

8. 寻问：指想知道爱、自由、纯洁等的源泉在哪里。

9. 院子：指来到了黑夜世界的门口。

10. 家：指黑夜的世界。

11. 神秘的人：即神，可以理解为世界之王、造物主、神，他和王后是二位一体的。也可以理解为王主宰白天，王后主宰黑夜，而黑夜是孕育生命的，更伟大，更值得赞美。泰戈尔认为男人是神用斧子随便劈砍了几下就制造出来的，所以男人是粗制滥造的；而女人是神精雕细琢而成的，所以女人是艺术品；男人是搞破坏的，人世间的诸多灾难都是男人造成的，而女人善于建设，是爱的化身。

12. 刺破：比喻神给人类送去了快乐，让人类的心洋溢着快乐，那快乐的歌声充斥和震动了黑夜，直达黑夜的深处（根本、快乐的源泉）。

13. 震动：比喻快乐无比激烈。

14. 根本：指快乐的源泉。

15. 觉醒的灵魂：指向往快乐和纯洁的灵魂。

16. 凝望：指被快乐这个宝藏吸引了。

17. 宝藏：指快乐。那些人猛然明白，物质财富是虚幻的，只有快乐才是真实的，才是真正的财富。

18. 寂静：黑夜无声，但一切尽在不言中，是万物的来源，类似我们的“大道无声”。

21

终有一天，我会在心里遇见真正的生命——那藏在我生命中的快乐，尽管岁月以其碌碌无为的尘埃让我看不见路。

不经意地看上几眼我就已经认识它了。它一阵阵的呼吸触碰到了我，让我的思绪散发出短暂的芳香。

终有一天，我会在身外遇见栖居在光幕背后的快乐。我将站在那充溢的孤独和寂静里，那里的一切都被视为靠近了它们的造物主。

本诗大意：我会自由快乐的，也懂得它们的来源。

依次注释：

1. 碌碌无为的尘埃：尘土飞扬，挡住了路，比喻蹉跎的岁月让我迷失了道路。蹉跎的岁月也就是指陷于自私自利、贪婪和物欲的岁月，是没有快乐的。

2. 芳香：指快乐开心。

3. 光幕：指光亮与黑暗之间的分界面。本句的含义是快乐来自神秘的黑暗（例如黑夜，见第 20 首），在光亮中表现出来。

4. 孤独和寂静：指远离喧嚣吵闹的僻静之处，比喻生命、快乐、爱等的创造源地。

5. 被视为靠近：黑暗之处是神造万物、造快乐的所在，因此越靠近那里就越快乐。

22

今日的秋晨沐浴了太多的阳光，昏昏欲睡。假如你的歌断断续续，无精打采，那就把你的笛子交给我一会儿。

我只是随意地跟它玩儿一下而已，时而把它放到膝盖上，时而用嘴唇碰碰它，时而放到我身边的草地。

但在庄严肃穆的黄昏的寂静中，我要采集鲜花，用花环来装饰它。我要用芳香来充实它，用点亮的灯来崇拜它。

到了夜里，我要来到你的面前，把笛子交回给你。

当孤独的新月在繁星间漫游时，你会用它来吹奏午夜的乐曲。

本诗大意：我爱自由快乐，我要让生命永新永在。

依次注释：

1. 你的笛子：指神的笛子。神用笛子演奏爱之曲，向世界传播爱、自由、快乐、新的生命，即笛子象征爱、自由、快乐。泰戈尔常用笛声来隐喻神的心声。神要通过一种乐器把心声以音乐的形式传达给整个世界。这种乐器在印度古代哲学和宗教中一般就是芦笛。

2. 装饰、充实、崇拜：比喻“我”对笛子的喜欢和崇敬。

23

在风声和水声中，诗人的心灵在生命的浪涛上漂浮和舞动。

现在，夕阳已西下，黑暗的天空降临大海，就像眼睫毛垂到了疲倦的眼睛上。是时候拿走他的笔了，让他在那寂静的永恒秘密里，把思绪沉入秘密的深底。

本诗大意：白天我在感受大自然律动的同时奋笔写诗，很累。傍晚，我该停笔去感受大自然那静谧之美了。

依次注释：

1. 风声和水声：指大自然。诗人的灵魂跟着大自然的韵律在动。

2. 诗人：当指泰戈尔本人。

3. 拿走他的笔：即让诗人暂停工作，去感受大自然的真善美。

4. 永恒的秘密：大自然的自由、快乐、和谐等真善美。

24

夜一片漆黑，你沉睡在我生命的静海。

啊，爱之痛，快醒来，因为我不知道如何把你的门打开，我就站在门外。

时间在等待，群星在守望，风停了下来，寂静沉淀在我的心怀。

醒醒吧，爱，快醒来！把我空空的杯子斟满，用一缕歌声让黑夜荡漾起来。

本诗大意：神啊，大自然啊，我渴望得到你的爱，我来寻找你的爱了，让爱快来到我心里吧。

依次注释：

1. 爱之痛：泰戈尔认为爱与痛是相反相成的，有爱必有痛，痛也是爱。

2. 空空的杯子：指空空的生命，没有爱、纯洁、自由、快乐等真善美的生命就是空空如也，只剩一副皮囊。

3. 荡漾：指让黑夜活跃起来，让它把爱散发出来。

25

早晨的鸟儿鸣唱了起来。

天还没破晓时，恶龙般的黑夜还在把天空缠在它又冷又黑的身躯里，鸟儿是从哪里得到了早晨的歌词？

告诉我，晨鸟，东方的信使是如何穿过天空和树叶的双重黑夜，找到了进入你梦乡的路？

你大喊“太阳在升起，黑夜已过去”，世界却没有相信你。

沉睡的人啊，快醒来吧！

亮出你的额头，等待第一道曙光的祝福，和晨鸟一起快乐、虔诚地歌唱。

本诗寓意：黑暗的西方文明即将过去，东方文明已经冉冉升起。

依次注释：

1. 恶龙：泛指邪恶。

2. 黑夜：泛指邪恶的黑暗世界。

3. 东方的信使：可指晨曦，隐喻光明、正义到来。

4. 沉睡的人：可泛指万物生命，也可隐喻还在沉睡、未觉醒的人。

5. 额头：额头在印度宗教里象征着重要。这里亮出额头意味着庄重的时刻到了，即光明要来到了，全身心地去迎接它吧。

26

我心中的乞丐向没有星辰的夜空举起了他枯瘦的双手，用饥饿的声音对着黑夜的耳朵叫喊。

他向看不见的黑暗祈祷，但黑暗躺在失去了希望的孤寂的天上，就像一个倒下了的神。

渴望的呼叫萦绕在绝望的深渊周围，就像哀嚎的鸟儿围着它的空巢盘旋。

但是，当黎明降临，笃定地站在东方的天边时，我心中的乞丐跳起来喊道：

“聋哑黑夜拒绝了我，它的财富空空如也，我因此得到了祝福。”

他大声地呐喊：“啊，生命！啊，光明，你们是何等的珍贵！最终认识了你们的快乐又是何其珍贵！”

本诗大意：开始时我慌不择路，竟然想投靠黑夜，好在黎明保佑了我，给了我光明，给了我真正的快乐。寓意弃暗投明才有真正的生命。

依次注释：

1. 乞丐：指“我”心中的渴望，即下文的渴望。

2. 倒下了的神：真正的神永远不倒，倒下的神不是真神，不应该崇拜他，向他祈祷。

3. 深渊、空巢：比喻死气沉沉、没有生命。

4. 财富空空如也：财富指自由快乐，此句比喻黑夜没有自由快乐。

5. 得到了祝福："我"没有被黑夜接纳就等同于被光明祝福。

27

萨纳坦在恒河边上捻着数珠唱诵时，一个衣衫褴褛的婆罗门徒走过来对他说，“帮帮我吧，我太穷了！”

“我的化缘钵就是我现在的全部财富，”萨纳坦说，“我已经把我拥有的一切都施舍了出去。”

“但是我做梦时湿婆神来到我身边，”婆罗门徒说，“他建议我来找你。”

萨纳坦突然想起来了，他曾在河边的卵石堆中捡到一块无价之宝的石头，觉得可能有人会需要它，就把它藏在了沙里。

他把藏石头的地点指给婆罗门徒看，门徒挖出了石头，感到非常惊奇。

门徒坐在地上，独自陷入了沉思，直到太阳沉入树林背后，牧童赶着牛群回家。

然后他站起身，慢慢地走到萨纳坦跟前，说：“大师，请赏给我能蔑视世上一切财富的那种财富吧，给一星半点就可以了。”

说完他把那块宝石扔到了河里。

本诗寓意：放弃贪念，灵魂就能获得新生。

依次注释：

1. 萨纳坦：永恒之意。

2. 湿婆：印度教中的三大神之一。湿婆主宰死（毁灭）与生（创造），因此这个梦的寓意很明显，就是让那个门徒抛弃贪欲，获得灵魂纯洁的新生。

28

我一次又一次地来到你的门口，举起双手向你没完没了地索求。

你总是不断地给予，有时显得有点儿抠，有时又突然慷慨得过了头。

有的我拿了，有的我就随它们掉落没拿走。有的放在我手里很沉重，有的我做成了玩偶，玩厌了就把它们砸成碎片。到了最后，你的礼物和碎片越积越厚，挡住了你，而我的期盼依然无止无休，让我的心再也无法承受。

拿走，都拿走，这变成了我现在的哭求。

快打碎我这个乞丐碗里的所有，快吹灭我这盏频频向你索要的贪婪者的油灯。快抓住我的双手，把我从还在堆积的你的礼物堆里拉走，拉到你的世界，那里别无所有，只有无限的快乐和自由。

本诗大意：我原来很贪婪，但贪婪压垮了我，让我窒息。现在我要抛弃贪婪，去到自由快乐的世界。其寓意是抛弃贪婪，奔向自由快乐。与《飞鸟集》第152首同。

依次注释：

1. 你：指神。

2. 打碎：指打碎“我”所有的物质财富，比喻毁掉

“我”的贪婪。

3. 吹灭：把灯吹灭“我”就看不见路了，也就找不到“你”（“我”的神），无法向“你”索要物质财富了。

29

你已经把我归入输掉游戏的人群里。
我知道我不会赢，但也不会离开这个游戏。
我要扎进水里，尽管这样做只会沉入水底。
我要玩这个让我完败的游戏。

我要押上我的全部所有，当我输掉最后一个钱币时，我就押上我自己，我相信我将通过完败取得胜利。

本诗寓意：人心有贪婪和纯洁，但纯洁是人生的方向和目标，纯洁了，就可以体现生命的真正价值了。《吉檀迦利》第 71、98、99 首有类似的内容。

依次注释：

1. 你：指神。神把“我”列为输者，意味着神相信“我”肯定会由贪婪变得纯洁。

2. 游戏：指“我”和神之间的捉迷藏游戏。“我”在贪婪与纯洁中反复，“我”去找神时，神躲着不见，因“我”不纯洁；神来找“我”时，“我”不敢见，还是因为“我”不纯洁。这个捉迷藏的游戏可以一直玩下去，直到最后“我”纯洁了，皈依神，人与神终于在一起。在这个游戏中，“我”输了，完败，但同时也赢了，胜利了，因为纯洁就是“我”追求的终极目标。

3. 我知道我不会赢：意味着虽然“我”现在贪婪，但“我”会变得纯洁的。泰戈尔认为人性中善恶皆有，从贪婪迈向纯洁会有反复，甚至伴随一生，但纯洁才是生命的真谛，它应该成为生命追求的终极目标。

4. 水底：比喻物欲横流的深处。沉入水底比喻置之死地而后生，历尽贪婪的磨砺之后才能得到完全的纯洁。

5. 押上：指贪婪与纯洁的较量。

6. 最后一个钱币：比喻“我”的物质财富即将散尽，即“我”不再贪婪。

7. 押上我自己：“我”已经不贪婪了，变得纯洁了，因此可以把自己都赌上，神肯定接纳“我”。

8. 完败：指“我”完全输掉了贪婪，没有贪婪了，“我”变得纯洁了。

30

当你给我的心穿上破烂的衣衫、送她到路边乞讨时，快乐的微笑在天空蔓延。

她挨家挨户去乞讨，很多次她的碗眼看就要装满，却都被抢劫一空，没有一次能幸免。

结束了这疲惫的乞讨的一天，她来到你宫殿的大门前，举起她可怜兮兮的碗。你走过来拉着她的手，让她在你的宝座上坐在你的身边。

本诗大意：我经受了无数次的考验，依然保持纯真的初心，可以和神在一起了。

依次注释：

1. 你：指神。

2. 快乐的微笑：有了纯真、纯洁，才能带来快乐、传播快乐。此句比喻神很乐观，相信“我”能经得住考验，也说明“我”自己一心向往自由快乐，毫无贪婪的念头。

3. 破烂的衣衫：让心穿上破衣服意味着心是贫穷的，即除了初心（纯真）之外，一无所有，所以才去乞讨，看看是否会得到额外的东西，即考验“我”的心是否经得起诱惑。

4. 抢劫：一次次讨来物品，又一次次被抢劫，意味着“我”的心还是一无所有，唯有纯真，隐喻“我”的心经受住了反反复复的贪婪的考验，除了纯真，其他都容不下。

5. 宝座：比喻至高无上的荣誉和赞赏，也比喻无比的纯真和快乐，可以和神在一起了。

31

饥荒肆虐舍卫城时，佛陀问他的追随者：“你们谁来担负起赈济饥民的责任？”

银行家拉特纳卡尔低着头说：“赈济饥民需要的资金远远超出了我的全部财富。”

国王军队的首领杰森说：“我很乐意献出我生命的鲜血，但我家里真没有足够的粮食。”

达麻帕尔拥有大量的土地，但他叹气道：“干旱的恶魔已经吸干了我的田地，我都不知道到时候怎么向国王纳粮。”

这时托钵僧的女儿苏普丽雅站了起来。

她向所有人鞠躬行礼，谦恭地说：“我来赈济饥民。”

“怎么赈济！”大家都惊讶地喊道，“你怎么可能做得到？”

“我是你们当中最穷的，”苏普丽雅说，“这就是我的力量。在你们每个人的家里都有我的钱箱和我的粮仓。”

本诗大意：有钱有势的人不愿意帮助穷人，反倒是赤贫的人愿意助人。其寓意是：卑微平凡的人能成就大事。

依次注释：

1. 舍卫城：也叫谢拉瓦斯蒂，古印度佛教圣地，佛陀常住于此。

2. 托钵僧：即乞丐。这种人一无所有，一心苦行，靠化缘行乞维持生命，会做有益于社会的事情，比如本文的靠乞讨来赈济饥民。

32

我不认识国王，所以当他索取他应得的贡品时，我自信能躲藏起来，不用去缴纳这笔贡品。

我逃走了，逃到了白天的工作和深夜的梦里。
但是他的索要声紧跟着我的每一次呼吸。
终于我明白了他认识我，也明白了我没有容身之地。

现在我渴望把我的一切都供奉在他的脚下，这样就能获得在他的王国里安身立命的权利。

本诗大意：世界给了我纯洁和爱，要求我返回爱给他。寓意：只有爱才能把神（世界）和人紧紧地联系在一起。

依次注释：

1. 国王：即“我”的神，指热爱人类的世界（大自然）。不认识国王比喻“我”没有纯洁和爱，只有贪婪。

2. 应得的贡品：指爱。大自然给了“我”爱，它要求“我”也反馈爱。

3. 工作：指攫取物质财富的工作，即贪婪。贪婪是没有爱的，因此“我”无法交纳这笔贡品，只有躲起来。

4. 梦：贪婪的人即使在梦里也无法安宁，无法享受爱。

5. 王国：指充满了爱的世界，即大自然。

33

当我想以我的生命为模子给你制作一个形象，让人们去崇拜时，我就带来了我的泥土和愿望，还有我五彩缤纷的所有妄想和梦想。

当我请求你按你的愿望，以我的生命为模子制作一个形象，让你去爱时，你就带来了你的火焰与力量，真理与美丽，还有宁静和安详。

本诗大意：人造神，只能造出人一样的假神；而神则按其标准来造人。其寓意是：人无法成为神，而神则希望人和神一样地充满爱，充满真善美。泰戈尔一直叹息人类没有按照神的意愿成长和发展。

依次注释：

1. 泥土、愿望、妄想、梦想等是凡人造神的原材料，寓意凡人造神只能按凡人的意愿和能力来做，只能用手胡乱捏一下，加上自己的想象来造神，造不出真正的神。

2. 火焰、力量、真理、美丽、安详等是神造人的原材料，寓意神造人是按神的意愿和能力来造的，即希望人与神一样，充满爱，充满真善美。

34

“陛下，”仆人禀报国王，“圣人那罗塔姆，他一直不肯赏光，去住您的王家庙堂。

“他在外面路边的树下把神赞唱，没人膜拜的庙堂空空荡荡。

“人们都围在他的身旁，就像蜜蜂围着洁白的莲花，对装蜂蜜的金色罐子根本看不上。”

国王听了心里很不爽，去到了那罗塔姆在草地坐着的地方。

他质问那罗塔姆：“大师，为何不去我金碧辉煌的圆顶庙堂，反而坐在外面的尘土上，把神的爱来宣讲？”

“因为神不在你庙堂，”那罗塔姆回答。

国王皱起了眉头又说：“你可知道我有多大方？金币花了两千万，建成这奇迹般的艺术庙堂，为了把它献给神，还举行了仪式，花费极其高昂？”

“是的是的，我知道，”那罗塔姆回应国王，“就是在那一年，你的子民有几千栋房都被烧光。他们站在你的门口，乞求你能帮助建房，却都白等了一场。

“神当时就说了，‘好差劲的国王，不给他的兄弟们建房，反而为我造庙堂！’

“神在路边的树下把家安，和无家可归的人群一个样。

"你的金顶是空囊，只有傲慢在飘荡。"

国王恼怒地叫嚷："快离开我的土疆。"

那罗塔姆圣人说得平静又安详："没问题，就这样。你已放逐了我的神，也把我放逐到神在的地方。"

本诗大意：神蔑视物质享受和权力，神在需要帮助、需要关爱的普通人里。

依次注释：

1. 那罗塔姆（1531—1611）：著名的大圣人，曾周游列国去布道。

2. 洁白的莲花：印度宗教中常以莲花来寓意神，这里指那罗塔姆。

3. 兄弟们：暗示国王应该把他的子民视为兄弟。

35

你的号角还躺在泥土里。

没有春风，没有丽日，

唉，这恶魔般的日子！

来吧，战士们，高举你们的旗帜。来吧，唱歌的人，高唱你们战斗的歌曲！

来吧，勇往直前的朝圣者，加快你们旅途的步履！

号角在等着我们，它还躺在泥土里。

以前我在暮色中带着贡品向庙宇走去，只是为了找个地方来休息，因为我白天干了一天的苦力，一身汗水一身泥，希望来到这里治愈遍体的鳞伤，洗净衣服的污渍，直到我突然发现了你的号角，就躺在泥土里。

还没到我点亮夜灯的时辰？

黑夜还没对群星唱起催眠曲？

哦，你是鲜红的玫瑰，而我是沉睡的罂粟，苍白凋零落了去。

但是当我突然看见躺在泥土中的你的号角时，我就确信我的漂泊该结束了，我全部的心债必须要偿还彻底。

敲打我昏昏欲睡的心灵吧，用你青春的魅力！

让我生命的快乐燃烧得灿烂亮丽。

让觉醒的光芒穿越黑夜的心底，让恐惧震颤起来，把盲目和麻木抖落下去。

我来了，把你的号角从泥土里拿起。

我不再沉睡，我将勇敢前行，穿越箭雨。

会有人离家和我并肩战斗，也会有人哭泣。

还会有人在床上辗转反侧，在噩梦中呻吟不已。

这一切都是因为你的号角将要在今夜响起。

我向你乞求过和平，但得到的却只有羞耻。

现在我勇敢地站到了你的面前，请帮我把铠甲披挂整齐！

让苦难的打击点燃我生命之火，

让我的心在痛苦中敲响你胜利的锣鼓。

我的双手将彻底腾空，只为了把你的号角紧握在手里。

本诗大意：人类啊，觉醒吧，去战胜假恶丑，奔向真善美！

依次注释：

1. 你的号角还躺在泥土里：号角比喻追求纯洁、爱、自由、快乐等美好的象征（下文统称真善美）。泥土指大地，隐喻真善美在大自然，不在寺庙。此句的含义是：真善美在大自然里，在等着人类的拥抱。

2. 恶魔般的日子：指不纯洁、没有爱、贪婪、傲慢、自私自利等（下文统称假恶丑）的岁月，这样的生命是与外面真善美的世界隔绝的。

3. 战士：与假恶丑做斗争、摆脱假恶丑、奔向真善美的心灵（人）。唱歌的人亦指此。

4. 朝圣者：奔向真善美世界的灵魂（人）。

5. 旅途：奔向神（世界、大自然）的路途。

6. 干了一天的苦力：指贪婪无度，拼命攫取财富。

7. 遍体的鳞伤：比喻假恶丑的具体表现。污渍亦同义，即假恶丑的东西让纯洁的生命受到损伤和污染。

8. 灯：比喻心中的光明、纯洁。没点亮灯说明“我”还在假恶丑的黑暗中。

9. 催眠曲：比喻宁静安详，是美好的时辰。

10. 鲜红的玫瑰：在印度宗教中红色具有重要的意象，代表纯洁、尊贵、吉祥等，这里指神。

11. 沉睡的罂粟：指“我”如行尸走肉的灵魂就要凋谢了。罂粟花虽然也是红色，却是虚假、虚伪的，因为它会麻醉人的心灵，让心灵迷失方向，沉沦在假恶丑中。

12. 漂泊：指假恶丑的生活，就像行尸走肉，到处漂泊，没有方向。

13. 心债：指灵魂不纯洁，越贪婪则欠纯洁的债就越多。《吉檀迦利》第29首中有相同的内容。

14. 黑夜的心底：比喻假恶丑的核心所在。

15. 哭泣：指经历艰难时刻。

16. 苦难：指假恶丑，它们让“我”清醒地意识到了真正的生命，类似化悲痛为力量。

36

他们只顾着狂欢，却把你的长袍弄得全是灰尘，我的美神啊，这让我很伤心。

我对你大声地喊："拿起你的笞杖去审判他们。"

晨曦照到了那些人的眼睛，他们的眼睛因为彻夜的狂欢而变得通红。洁白的百合花园传来了他们急切的呼吸声。群星透过神圣黑暗的深处凝视着他们的狂欢，凝视着那群人。他们扬起灰尘弄脏了你的长袍，啊，我的美神！

你的审判席在鲜花盛开的花园里，在春天鸟儿的鸣唱中，在阴凉的河边，那里的树木在轻语，回应着水浪的低吟。

啊，我的爱人，他们的欲望里只有残酷无情。

他们在黑暗中潜入，偷走了你的装饰品，拿去装饰他们自己的欲望。

当他们捶打你，让你痛苦时，你的痛苦深深地刺痛了我的心。我向你哭喊："啊，我的爱人，拿起你的利剑，审判他们！"

但是，唉，你的判决却很谨慎。

面对孩子们的残忍，母亲都只是泪水满面而已。深爱的人总把反抗的长矛藏在他自己的伤口中，因为他的爱永远都忠贞。

你无眠的爱和无言的痛，你忠贞少女般的红晕，你这个孤独者在深夜的泪水，还有你宽恕的朦胧晨曦，这一切就是你对他们的全部审判。

啊，令人敬畏的神！他们贪婪无度，在夜里翻过你的大门，闯进你的库房抢劫。

但是他们抢来的财物越来越多，越来越沉，他们无法搬运。

于是我又冲着你呼喊，啊，令人敬畏的神，宽恕他们！

你的宽恕如同暴风骤雨般地降临，击垮了他们贪婪的灵魂，他们的赃物散落在尘土里。

你的宽恕有如电闪雷鸣，有如血雨腥风，有如愤怒的落日红轮。

本诗大意：人类不爱惜大自然，但大自然却无怨无悔、一如既往地深爱人类，对人类是无比的宽宏大量，人类最后也被感化了。

依次注释：

1. 狂欢：指人类掠夺大自然时的快乐和兴奋。

2. 你的长袍：指大自然的面貌、形态。

3. 弄得全是灰尘：指工业文明对大自然的破坏和污染。

4. 美神：指大自然。

5. 笞杖：比喻虐待大自然的人类应当受到审判和惩罚。下文的利剑亦同义。

6. 洁白的百合花园：指大自然。下文的盛开的花园亦同义。

7. 急切的呼吸声：指人类迫不及待地去攫取大自然的资源。

8. 审判席：花园、鸟鸣、树阴等代表了大自然的美好，美好就是最好的审判席。

9. 我的爱人：指神，即大自然。

10. 装饰品：指大自然中的森林资源和山水形态，它们被掠夺和破坏了。

11. 伤口：指心中的痛楚。

12. 无眠的爱：指大自然白天黑夜都在呵护人类。

13. 无言的痛：指大自然的付出。痛意味着深爱。

14. 孤独者在深夜的泪水：深夜里只有大自然这个孤独者在守夜，流下寂寞的泪水。

15. 宽恕的朦胧晨曦：指大自然的宽恕犹如晨曦使人温馨。

16. 令人敬畏的神：也指大自然，大自然发怒发威时是异常可怕的。

17. 库房：指大自然的资源所在。

18. 电闪雷鸣、血雨腥风、愤怒的落日红轮：指宽恕是有巨大威力的，能让人臣服的，类似我们的以德服人、以理服人。

37

佛教门徒优波崛多躺在马图拉城墙边的泥地上睡着了。

家家户户都已熄灯关门。八月的夜空浓云密布，挡住了群星。

是谁用脚突然去触碰他的胸膛？两个脚镯发出了叮咚的响声。

他被惊醒了。一名女子提着灯，灯光照到了他仁慈的眼睛。

那名女子是个舞女，她的珠宝让她熠熠生辉，淡绿色的披风让她似乎像云朵一样轻盈。她正当青春妙龄，陶醉在这杯青春的美酒当中。

她放低了灯，看清了这张年轻的脸，坚毅又英俊。

“打搅了，年轻的苦行僧，”舞女说，“请你赏光去我家，这泥地不适合做你的床铺。”

苦行僧回答：“姑娘，继续赶你的路吧，该找你时我会来找你的。”

一道闪电突然划过，黑夜露出了它的獠牙。

天边传来暴风雨的怒吼，女子害怕得发抖。

…………

路边的树枝被盛开的繁花压得痛疼。

在温暖的春风中，从远处飘来快乐的笛声。

城里的人都已经到树林去参加百花节庆。

天顶上的圆月凝视着寂静的城市阴影。

年轻的苦行僧走在空荡荡的街上，在他的头顶上，相思的噪鹃在芒果树枝里发出无眠的啜泣。

优波崛多走过了几道城门，站在城墙脚下。

躺在他脚边的城墙阴影里的女人是谁？她染上了黑色的瘟疫，浑身长满了脓疮，很快就被赶出了这座城市。

苦行僧坐在她身边，把她的头放在他的膝上，用水来滋润她的嘴唇，在她身上涂抹止痛膏。

“你是谁，仁慈的人？”女子问道。

“来看望你的时候终究还是到了，我就来了。”年轻的苦行僧回答。

本诗大意：宣扬戒色和救助。

依次注释：

1. 优波崛多：佛教僧侣，生活于两千多年前，在印度北部布道和教授冥想，是广受欢迎的圣人。

2. 马图拉城：位于印度北部的亚穆纳河边，建于公元一世纪，是佛教徒的主要活动地方。

3. 八月：印度的八月是雨季，常有乌云密布。

4. 坚毅又英俊：坚毅喻能抵御诱惑，英俊喻会被诱惑。

38

这不仅仅是我们之间爱的嬉戏，我的恋人。

暴风雨的呼啸黑影一次次地向我飞扑下来，吹灭我的油灯。黑暗的疑云聚集在一起，挡住了我夜空的所有星星。

河岸一次又一次地崩塌，让洪水冲走我那已成熟的庄稼，哀嚎和绝望彻底撕裂了我的天空。

我终于明白，在你的爱当中，有痛苦的打击，但这绝不是死亡的冰冷无情。

本诗大意：我们之间的爱有猜疑、打击等考验，它们令人非常痛苦，却不是冷酷无情（反而是深爱的表现）。其寓意是爱要经受得起考验。

依次注释：

1. 这：指第二、三段内容。

2. 我的恋人：指神。

3. 呼啸黑影：隐喻爱的打击。本诗采用隐喻手法，暴风雨的呼啸黑影、黑暗的疑云、我夜空的所有星星、河岸、庄稼等都并非实指。泰戈尔非常喜欢用隐喻和拟人手法。

4. 成熟的庄稼：比喻爱已成熟，只等收割。

39

围墙垮塌了，光汹涌进去，像神的微笑一样。

啊，光明，你胜利了！

黑夜的心被你刺得透亮！

你用闪亮之剑斩断了乱麻似的疑团和软弱无力的欲望！

你胜利了！

来吧，勇往直前的光！

来吧，洁白而威力无比的光！

啊，光，在火的行进中你的战鼓已擂响，你红彤彤的火炬已高高举起，死亡消融于你壮丽辉煌的怒放！

本诗大意：假恶丑终将被真善美战胜。

依次注释：

1. 围墙：泰戈尔经常用墙壁、河岸等来表示两个不同世界的分界线。墙里是个人狭隘的世界，没有爱、纯洁、自由、快乐，只有满脑子的自私自利、贪婪、纷争；墙外则是充满了爱、纯洁、自由、快乐的广阔世界。墙塌了意味着狭隘的个人冲破了自己灵魂的牢笼，接受外面世界的爱、快乐等，与外面的世界融为一体，这才是生命应有的状态。

2. 光：比喻爱、快乐等美好的东西。《吉檀迦利》第27、57、64首有具体的描述。

3. 神的微笑：比喻光是神（世界、大自然）带来的，神给了人类光明。

4. 黑夜的心：比喻假恶丑的核心。

5. 闪亮之剑：比喻真善美，它的威力无比巨大，所向披靡。《吉檀迦利》第52、53对此有具体的描述。

6. 乱麻似的疑团：指因自私自利、贪婪、倾轧等而使人产生的种种困惑，让人找不到出路。

7. 软弱无力的欲望：指自私自利、贪婪、纷争、倾轧等假恶丑，这样的灵魂是软弱无力的，也就没办法得到真善美，隐喻要想真善美，就必须抛弃假恶丑的灵魂，也就是斩断它们。

8. 死亡：指自私自利、贪婪等假恶丑的事物，它们如同行尸走肉，是死的。只有爱、纯洁、自由、快乐等真善美才是永恒存在的。

40

啊，火，我的兄弟，我要为你歌唱胜利。

你是象征着无比自由的鲜红旗帜。

你在天空挥动手臂，你有力的手指在琴弦上飞快地弹拨，奏出优美动听的舞曲。

当我结束浑浑噩噩的日子，你把大门打开时，你要把捆绑我的绳索烧成灰烬。

我的身体将与你合为一体，我的心将被裹进你熊熊燃烧的火圈里，那热浪就是我的生命。它炽热炎炎，把自己融进你的烈焰里。

本诗大意：让自由快乐之火点燃我的生命吧，我要投入自由快乐的世界当中。

依次注释：

1. 火：即生命之火，指神或真善美，二者是同义的。

2. 兄弟：指亲密的伙伴、同类人。

3. 胜利：指真善美战胜假恶丑。

4. 象征：有了火才有生命，而真正的生命就是自由和快乐，因此火代表了自由快乐，火是无比自由的象征。

5. 舞曲：比喻自由快乐。泰戈尔认为音乐是表达内心情感和思想的最佳方式，只有心灵自由快乐了才会有优美动听的音乐，反过来说就是优美动听的音乐反映了自由快乐的心灵。

6. 日子：指“我”的灵魂浑浑噩噩、陷于物欲和自私自利的岁月，是假恶丑的，这样的日子该结束了。

7. 大门：比喻自由快乐世界之门。我的灵魂要去往自由快乐的世界，神啊，请打开你的大门吧。

8. 绳索：指尘世的贪婪、自私、争斗等等假恶丑，它们如同绳索一样把我的灵魂捆住了，没有自由和快乐。

41

船夫在夜里独自驾船扬帆，他要跨越风高浪急的大海。

狂风把风帆灌了个饱满，桅杆被拉拽得痛苦不堪。

天空坠落在海上，它被深夜的毒牙刺穿，黑色恐惧之毒把它沾染。

海浪用头猛烈地冲撞看不见的黑暗，但船夫依然独自驾船扬帆，去跨越风高浪急的大海。

船夫独自出海了，我不知道他去与谁相见。他突然出现的白帆，让黑夜惊战。

我不知道他最终将在哪里靠岸，他要去到油灯亮着的寂静院子寻找她，而她就坐在尘土里等盼。

是什么样的追寻让他无惧狂风和黑暗？

船儿载满宝石和珍珠了吗？

哦，不，船夫没有携带财富万贯，他手里只有一朵洁白的玫瑰，还有已到嘴边的赞歌。

玫瑰和歌曲都只为了她，她在夜里把灯点燃，独自守望、期盼。

她住在路边的茅草房，凌乱的头发在风中飘散，挡住了她的双眼。

她的家门破破烂烂，狂风的尖叫钻了进来。家中的土灯摇曳扑闪，墙壁上的影子惨淡昏暗。

透过狂风的怒吼她听见了他呼唤她的名字，呼唤她那不为人知的名字。

船夫已经航行了很远很远。

但离天亮和敲门还有很长的时间。

到时不会有锣鼓喧天，不会有人知道他们的相见。

只有晨曦，它将把房屋洒满。尘土将得到祝福，心灵将得到尽欢。

当船夫靠岸时，所有的疑虑将默默地烟消云散。

本诗大意：追求纯洁、自由快乐的精神世界。

依次注释：

1. 船夫：指“我”的灵魂，“我”的灵魂要去寻找神。参见《吉檀迦利》第 42 首。本诗的船夫、大海、天空等都是隐喻，非实指。

2. 风高浪急的大海：比喻追求真善美的艰难。

3. 约会：指“我”和神相聚，也就是“我”融入自由快乐的世界。

4. 岸：比喻两种世界的分界线。

5. 院子：指神的家，即自由快乐的世界。

6. 她：指“我”的神。泰戈尔心中的神一般是男性，但这里由于船夫是男的，就把神写成女的了。

7. 追寻：指对真善美的追求。

8. 宝石：比喻物质财富、物欲。“我”抛弃了物欲，一心追求真善美。也正因为如此，神才一直等待着“我”。

9. 玫瑰：比喻纯洁、爱。

10. 歌曲：比喻自由快乐。

11. 不为人知：指“我”去追寻神是“我”和神两个人的事情，别人不知道。参见《吉檀迦利》第42首。

12. 锣鼓：没有鼓声意味着不需要他人的祝福，因为这是“我”和神两个人的事情。

13. 尘土：尘土得到祝福比喻万物都得到了自由快乐，这里是形容美好的情景。

14. 疑虑：在根除假恶丑和追求真善美的过程中有诸多的疑虑和困惑，这些疑虑在到达自由快乐的世界后就自动消失了。

42

我紧紧地抓住我的身体，这行尸走肉般的木筏，在我尘世岁月的这条小河里随波逐流。

等到渡河之后，我将离开这个木筏。然后呢？

我不知道对岸那边的明和暗是否相同。

但神秘的人就是永恒的自由：

在爱当中他可以狠下心来，嫉恶如仇。

他砸碎贝壳，让关在黑暗牢笼里的珍珠获得自由。

我可怜的心啊，你竟然为消逝的蹉跎岁月沉思泪流。

高兴起来吧，好日子就在前头！

朝圣的心啊，出发的钟声敲响了，

到了你在十字路口做选择的时候。

神秘的人将再次撩开面纱，你们将相聚相守。

诗的大意：我的灵魂要告别充满贪婪的尘世，去往自由、快乐、纯洁的世界。

依次注释：

1. 行尸走肉般的木筏：比喻行尸走肉，没有纯洁、自由、快乐的灵魂。

2. 小河：指不纯洁、不自由、不快乐的灵魂世界是狭小的。

3. 神秘的人：指神。神是人无法完全知晓的，故是神秘的。神是自由的，也创造了纯洁、爱、自由、快乐的世界。

4. 珍珠：比喻纯洁、自由、快乐的灵魂。

5. 十字路口：指灵魂是留在尘世还是去神那里。

43

国王频婆娑罗在埋藏佛陀圣骨的地上，用大理石修建了一座舍利塔，以此向佛陀表达敬意。

每到傍晚，王宫里国王新纳的妃子和所有公主们都去舍利塔供奉鲜花和点亮油灯。

后来，国王的儿子年纪轻轻就当了国王，他血洗了父王的信仰，用父王信仰的佛经点燃了祭献之火。

秋季里的这一天，白日将尽，傍晚拜佛的时辰即将来临。

老王后有个小侍女叫史丽玛媞，她是佛陀的虔诚信徒。史丽玛媞用圣水洗浴之后，在金色的托盘里放满油灯和白色的鲜花，默默地抬起乌黑的眼睛看着老王后的脸。

老王后害怕得发抖，说："愚蠢的丫头，凡是去舍利塔拜佛的一律处死，你不知道吗？"

"这是老国王的遗愿。"

史丽玛媞对老王后鞠躬行礼，转身离开她的房门，来到了阿米塔的前面。阿米塔是刚结婚不久的新王后。

这位新晋王后正对着膝盖上亮闪闪的金镜子给她乌黑的长发编辫子，在额头头发分开的地方涂抹一个吉祥痣。

当她看见这个小宫女时双手害怕得颤抖，大叫起来："你要带给我多么可怕的灾祸啊！马上走开。"

老国王的公主舒珂拉坐在窗边，在夕阳的余晖下阅读一本浪漫的爱情小说。

当她看见小宫女拿着神圣的祭品站在门口时，大吃一惊。

书本从她膝盖上滑落了下去，她在史丽玛媞的耳边悄悄地说："胆大的女人啊，不要赶着去送死！"

史丽玛媞挨个地走过一个个房门。她昂起头喊道："喂，王宫的女人们，快去拜佛啊！"

"敬拜我们佛陀的时辰到了！"

有些人当着她的面关上了房门，有些人斥责了她。

白日最后一道余晖从王宫塔的圆形铜顶上消退了。

街角里投下了阴影，城市的喧闹慢慢沉寂了，湿婆神庙响起了晚祷时辰的锣声。

秋天的傍晚很昏暗，如同澄碧的湖泊般深远，星辰在闪烁。当宫殿花园的卫兵透过树丛看见一排灯火点燃在佛陀的舍利塔时，他们大为震惊。

他们边跑过去边拔出剑，大喊：“你是谁？蠢货，不怕死吗？”

“我是史丽玛媞，”一个甜美的声音回答，“佛陀的仆人。”

转瞬之间，她心脏的鲜血染红了冰冷的大理石。

星光窒息了，时间停在了那一刻。在舍利塔的脚下，拜佛的最后一盏灯熄灭了。

本诗大意：新旧两种思想（文明）冲突，对传统怀念和坚守。

依次注释：

1. 圣骨：指佛陀的骨骸。

2. 新纳的妃子：频婆娑罗通过与其他小王国的战略性婚姻联盟来强化实力和影响力，所以他多次结婚，妃子也就有多个。

44

横亘在你我之间的白昼终于鞠躬告辞，

黑夜蒙上了面纱把脸遮住，也把我房间里点亮的灯光遮蔽。

你黑暗的仆人悄无声息地来了，为你铺开婚礼的地毯，好让你和我独自静默地坐在那里，无需言语，直到黑夜过去。

本诗大意：我渴望纯洁、自由快乐的灵魂世界。

依次注释：

1. 你：指神。

2. 白昼：比喻尘世的纷争和喧嚣，神很厌恶，不会来，所以白天成了阻隔“你”和“我”相会的障碍。

3. 黑夜：比喻安静纯洁的世界，神会来。

4. 灯光：有灯光意味着还在忙碌，心未纯净。因此黑夜把灯也遮蔽了，让“我”完全放松平静下来，享受与神相会的美好时分。

5. 仆人：虚构的人物，如同下文的婚礼地毯一样。

6. 婚礼的地毯：比喻“我”要嫁给神。泰戈尔在《吉檀迦利》《飞鸟集》等作品中，常把自己比作新娘，要在夜里嫁给神，也就是灵魂要自由快乐。

45

我的一夜就在悲伤的床上度过了，我的双眼现在疲惫犯困。我沉重的心还没准备好去迎接充满快乐的早晨。

请给这明亮的曙光蒙上面纱，请招招手，把这耀眼的光辉和生命之舞从我这里唤走。

让这温柔的黑幔把我一层又一层地盖住，盖住我的痛苦，把世界对我痛苦的压力暂时挡住。

注释：

压力：因为“我”还没准备好、还没资格进入美好的世界，现在就让“我”进去的话压力太大。

46

等到我能报答她给予我的一切时，报答的时机已经永远消逝。

她的黑夜已经迎来了晨曦，你已经把她揽入怀里，于是我把本该报答她的感激和礼物献给你。

现在我来请求你的宽恕，宽恕我对她的所有伤害和冒犯。

当初她等待我的爱之花开放时，它们还只是蓓蕾。现在，我把我那些盛开的爱之花奉献给你。

本诗大意：我年少时得到了你太多的爱护和培育，等到我长大了能报答你时，你却永远离去了。我只好把我的报答献给了神，这也等于献给你了，因为你已经与神在一起。

依次注释：

1. 她：指已故的、泰戈尔深爱的人。

2. 黑夜、晨曦：黑夜比喻尘世，晨曦比喻神的世界。

3. 你：指神。神把她揽入怀中，意味着她去了神那里，得到了永生。

47

我发现我以前写的几封信被小心翼翼地藏在她的箱子里，它们是她的回忆玩耍的小玩具。

她怯生生地想把这些小物品从时间的湍流中偷走，说道："它们只属于我！"

唉，现在没人声称它们的归属了，又有谁能付得起爱护它们的代价呢，所以它们还是静静地躺在那里。

在那个世界里，肯定有爱来呵护她，让她不会完全消失，就像在她的全部的爱当中，她以如此深情的爱来保存这些信件一样。

本诗大意：悼念亡妻。

依次注释：

1. 她：指泰戈尔的亡妻，此诗表达对亡妻的思念和祝福。

2. 在那个世界：指死后的灵魂世界，那里也有爱，有爱则灵魂永存，所以她不会消失。

48

我的爱人，把美和秩序带回我孤苦的生活中来吧，就像你活着的时候把它们带到我家里来一样。

帮我擦洗你走后家里落下的灰尘，把空空的罐子都倒满水，把无人打理的家什都收拾得干干净净。

然后打开家里的神龛吧，点上蜡烛，让我们在神的面前静静地相聚。

本诗是泰戈尔对亡妻的思念。

依次注释：

1. 我的爱人：指泰戈尔的亡妻。

2. 秩序：指把家里收拾得整齐、妥当。泰戈尔不遗余力地赞美女性的美丽，不仅赞美容貌的美，更赞美她们劳动的美，曾把干家务的女人比作一首优美的乐曲。

3. 静静地相聚：一是指在神的面前要静穆，聆听神的教诲，与神一起享受静谧和快乐；二是指能相聚已很幸福，彼此心意相通，无需言语。

49

我的大师，当你调试我生命的琴弦时，琴弦的痛苦巨大无比！

快开始你的演奏吧，让我忘掉痛苦；让我在美的旋律中感受你有什么样的心思，能在调弦的那些日子里残酷无情。

慢慢消失的黑夜还留连在我的门口，请让她在歌声中离去。

我的大师，你的繁星洒下了甜美的乐曲，请把你的心通过乐曲注入到我生命的琴弦里。

本诗大意：神狠下心来为我根除不纯洁的灵魂，我渴望我的灵魂和神一样纯洁、和谐、甜美。

依次注释：

1. 大师：指神。泰戈尔对他的神有多种称呼，音乐大师是其中一种。

2. 琴弦的痛苦：琴弦比喻“我”的灵魂生命，调试琴弦意味着这把琴不和谐，比喻“我”的灵魂生命不和谐，也就是不纯洁，没有与自由快乐的世界联系在一起，是封闭的，需要反复调试才能和谐、纯洁。这样的反复调试（即磨砺）是非常痛苦的，就如同反复动大手术根除顽疾一样。

3. 残酷无情：神为了拯救“我”不纯洁的灵魂，狠下心来，残忍地磨砺“我”，让“我”痛苦不堪。参见《吉檀迦利》第 14 首。

4. 黑夜：这里比喻不纯洁的日子。

5. 甜美的乐曲：指神的心或世界之魂是甜美和谐的，就如同星光的甜美和谐一样。

50

在一瞬间的闪电中，我看见了你对我生命的巨大创造力。你的创造让我跨越了一次又一次的死亡，从一个世界迈向另一个世界。

当我看见我的生命落在蹉跎岁月的手里时，我为我的一无是处而哭泣；但是当我看见我的生命握在你的手里时，我知道它弥足珍贵，不能荒废在阴暗的角落里。

本诗大意：电闪雷鸣让我知道了神的创造力，这创造力将会使我的生命从不纯洁迈向纯洁，尽管这个过程会有多次反复。

依次注释：

1. 你的创造：即神的创造。神创造万物，既创造物质世界，也创造精神世界，本诗就是指创造灵魂纯洁的精神世界。

2. 死亡：指灵魂经历多次反复争斗（贪婪与纯洁的争斗），最后越过了贪婪（贪婪彻底死亡了），迈向永恒（灵魂得到永生）。第二段写的就是不纯洁与纯洁的反复争斗。

3. 从一个世界迈向另一个世界：指从贪婪狭隘的精神世界走向纯洁自由的精神世界。

4. 蹉跎岁月：指陷于贪婪、不纯洁的岁月。

51

我知道，将来在某一天的暮色尽头，太阳将和我永别。

我将进入黑暗的岁月，而牧童依然还会在榕树下吹笛，牛群依然还会在河边的岸坡上吃草。

离别之前，我祈祷能让我知道：为什么大地把我召唤到了她的怀抱，为什么她黑夜的寂静对我诉说了群星，为什么她白天的阳光把我的思想吻成了鲜花。

走之前让我再反复吟唱最后的副歌，把它唱完，让我点亮油灯再看看你的脸，让我编织花环给你戴到头上。

本诗大意：我将永别这个世界，大地仍将如常运转。大地让我懂得了真善美，我感谢、赞美和崇敬大地。

依次注释：

1. 太阳将和我永别：本句寓意我的肉体将死亡。参见《吉檀迦利》第93首。

2. 我将进入黑暗的岁月：指肉体死亡，也可指我的灵魂将去往自由快乐的黑暗世界，与神同在。

3. 为什么：三个“为什么”其实是肯定，意即大地让我懂得了真善美，让我得到了快乐。

4. 副歌：反复吟唱副歌表示对大地的深情和不舍离去。

5. 你：指大地。

6. 花环：比喻感激、赞颂和崇敬。

52

这究竟是什么样的音乐？整个世界都随着它摇摆起来。

当它在生命的巅峰奏响时，我们欢笑；当它回到黑暗时，我们害怕得蜷缩起来。

但这游戏都是一样的，都是随着无穷无尽的音乐节拍来来去去，周而复始。

如果你把你的宝物藏在你的手心，我们就会喊道："我们被剥夺了宝物。"

其实你可以随心所欲地摊开和攥紧你的手心，这样做的得与失是相同的。

在你和你自己玩耍的游戏里，你同时又是输，又是赢。

本诗大意：我们应该把爱、自由、快乐等精神财富分享给别人，这样我们依然拥有它们。

依次注释：

1. 你：普通凡人，不是神。

2. 宝物：指爱、自由、快乐、真善美等精神财富。

3. 摊开和攥紧：摊开指把宝物送人和接受别人的宝物，这时付出和获得是相同的；攥紧指把宝物独占，这时没有付出也没有得到，得失相同。言外之意是，既然攥紧时并没有增加你的宝物，摊开不更好吗？

53

我已经用我的眼睛和四肢亲吻了这个世界，我已经把它包裹了无数层，放在心里。我的思想洒满了这世界的白昼与黑夜，直到它和我的生命融为一体。我爱我的生命，因为我爱天空的霞光，它和我深深地交织在了一起。

假如离开这个世界和爱它一样真实，那么在生命的聚散中，必定有一种含义。

假如死后那份爱变成了虚情假意，这虚假的毒瘤就会吞噬万物，群星就会枯萎黑暗，再无星光闪熠。

本诗大意：我爱这世界，所以也爱我的生命，不管生死，这爱永恒不变。没有爱，世界就暗无天日。

依次注释：

1. 我的眼睛和四肢：比喻“我”全身都与世界亲密接触，“我”的身体热爱这世界。下句写“我”的心灵也热爱世界。

2. 这个世界：指大自然、宇宙。泰戈尔的一生都在热爱这个世界，正是这份爱让他成为了伟大的诗人。

3. 含义：也可理解为意义。生命虽有生死离合，但相爱永远不变，含义就是指爱、相爱。泰戈尔秉承印度古代哲学和宗教思想，认为世界源于爱，行于爱，终于爱，爱把生与死交织在一起。

4. 死后：生死总是相伴的，爱贯穿了生死，即便死了，那份爱依然不变。如果死后的爱变成了虚情假意，那么世界就不值得信任、不值得爱了，万物将如同行尸走肉，没有灵魂，与死寂无异。泰戈尔经历了太多的亲人逝去，因此他对死亡看得很开，而且他秉承印度宗教要义，认为肉体可死，但灵魂永存，爱永存。

54

云对我说："我要消散了。"

夜对我说："我要投入到红彤彤的黎明。"

痛苦对我说："我要保持绝对的寂静，如同他的脚步声。"

我的生命对我说："我要死于圆满之中。"

大地对我说："我的光辉要时时刻刻亲吻你的思想。"

爱对我说："日子一天天地过去了，而我还在等你。"

死亡对我说："我要驾驶你生命之船跨越大海。"

本诗可视为泰戈尔的生命观。

依次注释：

1. 消散：云的消散意味着晴朗的天空，即自由快乐的到来。

2. 夜、黎明：黑夜比喻生命或自由快乐在孕育，黎明比喻生命或自由快乐的诞生。

3. 痛苦：痛苦与快乐是双胞胎，痛苦只是快乐的另一面而已，因此痛苦时不要绝望，只需静静地坚持，快乐总会来到。

4. 他：指神，神总是润物细无声。

5. 圆满：生命盛开，按其应有的历程到达顶峰就是圆满。例如果子成熟就是果子生命的顶峰、圆满，它的生命就该结束了，可以毫无遗憾、快乐地把自己奉献出去了。

6. 亲吻：比喻爱。大地爱我，爱我的灵魂。

7. 大海：生死是两个世界，好比大海的两岸，但生死是相依的，生命一直是从生的此岸驶向死的彼岸，死也就一直坐在生命的船上。泰戈尔认为不必对死亡惊慌，它只是生的另一面而已，因此不要在乎肉体的死亡，应该追求灵魂不死、灵魂永恒。

55

诗人图尔西达斯陷入了沉思，在恒河边一块孤零零的、焚化死人的场地走来走去。

他发现一名女子坐在她丈夫尸体的脚旁，穿着艳丽的服装，好像要参加婚礼。

她看见他时站了起来，向他鞠躬说："大师，请允许我带着你的祝福跟随我的丈夫一起去天堂。"

"为什么这么着急，我的女儿？"图尔西达斯问，"这人间不是也属于创造天堂的神吗？"

"我不渴望天堂，"女子说，"我只要我的丈夫。"

图尔西达斯笑着对她说："回家去吧，我的孩子，不出一个月你就会找到你的丈夫。"

女子回家了，带着喜悦的希望。图尔西达斯每天都去看望她，教她高深的思想，让她思考，直到她的心充满了神圣的爱。

一个月还没过完，她的邻居就来问她："妹子，你找到你的丈夫了吗？"

这位寡妇微笑着说："找到了。"

他们急切地问道："他在哪里？"

女子说："我主在我心里，我已经和他合为一体。"

本诗寓意：夫妻作为伴侣不一定牢靠，也不一定长久，唯有神才是牢靠和永恒的伴侣。这应该不是泰戈尔的观点，而是图尔西达斯的观点，与图尔西达斯的婚姻经历有关。

注释:

图尔西达斯（1543？—1623），印度著名的诗圣，罗摩神的信徒，创作了印度著名的史诗《罗摩衍那》。

56

你来到我身边待了一会儿，用女人的巨大奥秘来触摸我，那奥秘就在创造的心里。

就是她，一直用神散发出来的甜蜜来报答神；在大自然中她一直都是那么清新、美丽和年轻；她在潺潺流水中起舞，在晨曦中歌唱；她用滚滚的水浪来哺育干渴的大地；在她身上，永恒的一在快乐中变成了二，快乐不再封闭自己，而是在爱的痛苦中洋溢出去。

本诗大意：赞美女性的容颜、举止和心灵，赞美女性给大地、给世界带来了爱、快乐、生命，带来了真善美。

依次注释：

1. 巨大奥秘：指爱、美、快乐等，泛指真善美，这是神创造世界的源泉，神正是用真善美来创造女人的。泰戈尔说，神创造女人时，对她进行了精雕细琢，让她成为艺术品。

2. 触摸：比喻爱和给予，女人把爱、快乐等给予了“我”。

3. 创造的心，指创造世界的中心、核心，也就是创造的源泉。

4. 她：泛指女人。

5. 报答：神用真善美创造了女人，女人也用真善美来回报神。在印度古代哲学和宗教中，神创造了万物，万物在其生命过程中一直在向着神回归，最终皈依神。女人的生命过程也是如此。

6. 起舞、歌唱：比喻生命的活力和快乐。

7. 哺育：指给大地带来欣欣向荣的生命，也就是有了女人才有充满生命的大地。

8. 永恒的一：指真、爱、纯洁、自由、快乐、奉献、和谐统一等真善美。泰戈尔秉承印度古代哲学，认为宇宙有一个“永恒的一”来统领万物的运行，万物来自这个一，也向着这个一回归。“永恒的一”大概类似我们《道德经》中“道生一”中的道。

9. 变成了二：指有了爱、快乐与痛苦，才能一生二,二生三,三生万物，才有了世界。二还指正反两个方面。泰戈尔秉承一分为二、相反相成的世界观，认为事物都是一分为二和相反相成，这是万物运行的规律，就如同作用力和反作用力一样。从一变成二，也就是意味着具体的新事物出现了。本诗中也就是在爱当中有快乐，也有痛苦，两者构成了爱这个完整的统一体。

10. 封闭：人不能自我封闭，要走出自己狭隘的世界，走向外面的世界，这样才能实现生命的价值，生命才能圆满。人如此，快乐亦当如此。有了女人，快乐才走出自己，这世界才有快乐。

11. 爱的痛苦：泰戈尔认为爱当中有快乐，也有痛苦，但快乐是主流，痛苦不过是快乐的另一种表现而已，在痛苦当中有快乐在流淌。打个比方吧：快乐是河流，痛苦是河流中时不时出现的漩涡。

12. 洋溢出去：快乐向外流淌指女人的灵魂突破了自我，也把快乐传播出去了，女人让世界充满了快乐。

57

扎根在我心里的她是谁？这个永远孤苦凄凉的女人。

我追求她，但没有得到她。我给她戴上了花环，对她吟唱了赞歌。

她的脸上浮现了瞬间的微笑，却是一闪而过。

“我从你那里得不到快乐。”她哭着说，这悲伤的女人。

我给她买了镶有珠宝的脚镯，我用装饰有宝石的扇子给她扇风，我为她铺好了金床架上的床。

她的眼睛闪过了一丝喜悦之光，然后就熄灭了。

“我从这些金银珠宝中得不到快乐。”她哭着说，这悲伤的女人。

我让她坐上胜利之车，跑遍了天涯海角。

那些被征服的心都跪拜在她的脚下，天空回荡着山呼万岁的声音。

她的眼睛闪过了瞬间的骄傲，接着在泪水中慢慢地退隐。

“我没有在征服中得到快乐。”她哭着说道，这悲伤的女人。

我问她：“告诉我你在寻找谁？”

她只是说：“我在等待不知道名字的他。”

日子一天天过去了，她哭着说：“我还未相识的爱人什么时候才会到来？什么时候我能认识他，一生一世直到永恒？”

本诗大意：真正的快乐不是赞美、财富、权力等所能给予的，只有灵魂与神在一起才会有真正的快乐。即灵魂与广阔的世界融为一体，才能得到永恒的自由快乐。

依次注释：

1. 她：指对快乐的渴望，并不是真实的女人。

2. 花环：比喻爱慕和敬仰。“我”爱慕快乐，崇拜她，赞美她，但这些都是徒有形式而已，属于身外之物，无法触及灵魂，只能博得莞尔一笑，得不到真正的快乐。后面的珠宝脚镯、宝石扇子、金床、胜利之车等寓意物质财富和权力也都是身外之物，依靠它们同样得不到快乐。

3. 不知道名字的他：指神，不知道名字也就是不知道神是什么样子的，比喻没见过快乐是什么样的。

58

你是从黑暗中放射出来的光芒，你是从因纷争而破碎的心中萌发的善良。

你是向全世界敞开的家，你是化干戈为玉帛的爱。

当一切都灰飞烟灭时，你依然是能得到的礼物；从一个个的死亡洞穴中流过的生命都向着你飞奔。

你是彼此都一样的尘土里的天堂，你在那里等着我，也等着所有人。

本诗歌颂神（充满爱和快乐的精神世界），其大意是神给我们带来了光明、善良和爱，所有的生命也都向着神回归，回报他的爱。在神的世界里所有人都一样的平等，相亲相爱。诗呼吁人类不要自相争斗和残杀，要彼此相爱，热爱和平、善良，追求心灵的快乐。

依次注释：

1. 你：指神，即爱、自由快乐等真善美。

2. 家：指神的世界，即充满爱、自由、快乐的世界，它是无限广阔、永恒的，是欢迎所有人的。

3. 爱：泛指人与人之间、民族之间、国家之间等的爱，绝非狭义的爱情。

4. 一切都灰飞烟灭：指物质财富、权力、名利等身外之物都有耗尽之时。

5. 依然能得到的礼物：指爱、快乐等真善美。一切都可以丢掉、失去，都是身外之物，生不带来，死不带走，唯独爱和快乐是永存的，是能得到的。它们不会因给予他人而自己的就没了，你给予时依然还能拥有它们，这就是一种获得。

6. 死亡洞穴：泰戈尔认为，人的精神生命或灵魂在生生死死当中奔向永恒，即奔向神，也就是下一句的天堂。在这个过程中，灵魂不断突破狭隘的自我，迈向全新、广阔的自我，直至融入无限、永恒的世界。他把狭隘的灵魂叫作死，把广阔的灵魂叫作生。因此生命（灵魂）就必须要流过一个个死亡洞穴，才能获得永恒。

7. 彼此都一样的尘土：所有人，不管其生前有多大差异，死后都一起归入尘土，在尘土里彼此都是一样的。尘土表面上是比喻肉体死亡，但实际上是指精神生命的死，即狭隘的我彻底死了，可以去到灵魂永生的世界（天堂）了。

8. 天堂：指充满爱和快乐的精神世界。

59

当路途的疲劳向我袭来时，当白天的酷热引起的干渴向我袭来时，当幽灵似的黄昏时辰在我的生命中投下它们的阴影时，我的朋友，我不仅哭求你的声音，我还哭求你的爱抚。

我的心很痛苦，因为它承受着财富的重压，却又无法把它献给你。

请把你的手穿过黑夜伸出来吧，让我抓住它，握紧它，不松手；让我在孤独的绵延中能感觉到它的抚慰。

本诗大意：我在通向神（自由快乐世界）的路上跋涉，很迷茫很孤独。我的神啊，给我鼓励、给我爱吧，让我能坚持走下去。我心中充满了神的爱，这爱太重了，我无法承受，我迫不及待地要把它献给神。

本诗寓意是追求充满爱、纯洁、快乐的灵魂。

依次注释：

1. 路途：指精神生命之路，这条路充满了艰辛。

2. 幽灵似的黄昏时辰：指看不见路的时候，比喻生命的迷茫。

3. 我的朋友：指神。

4. 财富：财富有两种含义。一是精神财富，比喻对神的深爱，渴望把它献给神；二是指物质财富，物质财富的积累压得我喘不过气来，也就是我整天沉迷在对物质财富的追求中，无法得到爱、自由、快乐，因此我渴望把来自神的物质财富还给神，卸下这重负。

5. 孤独的绵延：指孤独之路，与第一句的路途呼应。

60

芳香的气味在花蕾中大喊："唉，一天又过去了，春光中的一天是多么愉快，而我却被当成囚犯，在花瓣里关了起来！"

别灰心，羞答答的小可爱！

你的镣铐会打开，花蕾会绽放成鲜花，就算你消融于生命的圆满，春天依然还健在。

芳香的气味在花蕾中充满了渴望，她煽动着翅膀大喊："唉，时间一分一秒走得飞快，而我却不知道要去哪里，要寻找什么！"

别灰心，羞答答的小可爱！

春风已经无意中听到了你的渴望，在你圆满地实现你的生命之前，白天不会离开。

黑暗是芳香气味的未来，因此她绝望地大喊："唉，我的生命如此毫无意义，这该由谁来担待？"

"谁能告诉我，为什么我一直在这里？"

别灰心，羞答答的小可爱！

完美的黎明就要到来，你会把你的生命融入万物，你最终会知道你的意义和目的所在。

本诗寓意：生命自有其规律和过程，不必着急，顺其自然就会获得圆满，实现生命的最后价值。

依次注释：

1. 镣铐：即花瓣。

2. 消融于生命的圆满：花开结果时，花就没了，花的生命就圆满结束，它生命的延续体现在果实里，即它融入果实里了。见最后一段的融入万物。

3. 你圆满地实现了你的生命：指种子、花蕾、鲜花、果实这一生命过程顺利地完成，气味的生命也是如此。

4. 完美的黎明：之所以说黎明是完美的，是因为黎明意味着花蕾将绽放为鲜花，然后会结成果实。

61

我的主人，她还是个孩子。

她在你的宫殿里跑来跑去玩耍，还想让你当她的玩具。

她没有理睬披散下来的头发，也不去留意弄乱了的衣服拖到了泥土里。

你跟她说话时她睡着了，没有回答你，你早晨给她的花朵从她手上滑落到了泥土里。

当暴风怒吼和黑暗笼罩天空时，她无法再睡眠，她的玩具散落在地上，她因为恐惧依偎着你。

她害怕无法供奉你。

但你微笑着看她玩游戏。

你认识她。

这个坐在泥土里的孩子是你命中注定的新娘，她的游戏将停止，将升华成对你的爱意。

本诗大意：我是小孩子时快乐无比，沉醉在快乐世界里，心无旁骛。我也曾害怕过，但快乐让我不再害怕。长大了我还是快乐，我会永远快乐。

本诗寓意：永远追求快乐吧，那才是生命的真谛。

依次注释：

1. 我的主人：指神，比喻自由快乐。

2. 她：指诗人自己。

3. 孩子：比喻纯真快乐。

4. 宫殿：比喻自由快乐的世界。

5. 玩具：把人当作玩具，说明孩子极其纯真，分不清人和玩具的区别，更不知道什么是主人、什么是神了。

6. 弄乱了的衣服：不理睬头发凌乱和衣服不整，说明孩子的心思不在这里，而是陶醉于快乐。这快乐与人的容貌和外表无关，这才是真正的、纯粹的快乐。

7. 无法供奉你："你"指神，即自由快乐，无法供奉"你"也就是无法得到快乐。

8. 命中注定的新娘：指"她"注定要嫁给"你"，即嫁给自由快乐。泰戈尔常把自己比喻为新娘，把他追求的神（真善美）比喻为新郎。

62

“太阳啊，除了天空还有什么能容得下和你一样的形象？”

“我经常梦见你，但我不敢奢望去供奉你，”露珠哭着说，“伟大的主啊，我太小了，无法把你拉到我身边，而且我的生命全都是泪水。”

“我能照亮无垠的天空，也能把自己献给一滴小小的露珠，”太阳听到后这样说，“我会变成一丁点亮光来充实你，你小小的生命就会变成笑声朗朗的星球。”

本诗寓意：伟大具有大爱、包容、平等、奉献等高尚品质，所以可与渺小在一起，见《飞鸟集》第156首。本诗赞美伟大的品格。泰戈尔还说过：“谦恭之至，伟大之时。”（《飞鸟集》第57首）

依次注释：

1. 太阳：比喻伟大、高尚。
2. 露珠：比喻渺小、卑微、平凡。

63

不懂得约束的爱我不要，这样的爱就像溢出酒杯的带着泡沫的酒，瞬间就变成了废水一滩。

请赐给我凉爽又纯洁的爱，就像你的雨露恩泽干涸的大地，注满简朴的陶瓷水罐。

请赐给我沁入万物之心的爱，它就像看不见的树液，流遍枝丫重叠的生命之树，有了它树木才能开花和结果。

请赐给我这样的爱，这爱让我心如止水，宁静致远。

依次注释：

1. 约束：泰戈尔认为自由与限制是爱的一分为二、相反相成，没有自由的爱会窒息而亡，但没有限制、没有约束的爱就像洪水泛滥，最终溃散殆尽，了无踪影。

2. 简朴：泰戈尔鄙视物质财富，鄙视奢侈，在他作品中简朴的东西才是美好和纯洁的，因为大自然本来就是简单、简朴的。

64

太阳已经落在了丛林中河流的西头上。

静修的男孩都把牛赶回了家，围着火堆坐下来，聆听悉达多大师的解惑。这时一个陌生的男孩走过来，向大师献上果子和鲜花，在他双脚前匍匐下来，用小鸟似的声音说："我的主人，我来你这里是希望你能收下我，指引我走上至真的道路。"

"我叫萨提亚卡马。"

"愿神祝福你，"大师说。

"我的孩子，你是哪个氏族的？只有婆罗门才配追求最高的智慧。"

"大师，"这个男孩回答，"我不知道我是什么氏族，我这就回家去问我妈妈。"

说完，萨提亚卡马就走了。他蹚过浅溪，回到了他妈妈的小屋。小屋位于沉睡中的村边，在一片没人居住的沙地上。

屋内灯光昏暗，他妈妈在黑暗中站在门口等着儿子归来。

她把儿子紧紧地揽入胸怀，亲吻他的头发，询问他去找大师的事情。

“亲爱的妈妈，我爸爸叫什么名字？”男孩问道。

“只有婆罗门才配追求最高的智慧，悉达多佛陀对我这样说。”

妈妈垂下了眼睛，小声地说：“我年轻时很穷，侍奉过很多大师。你确实是闯入了你妈妈贾巴拉的肚子里，她没有丈夫。”

早晨的阳光闪耀在静修林的树冠上。

弟子们在那棵古树下坐在大师的前面，晨浴后的头发乱蓬蓬、湿漉漉的。

这时萨提亚卡马来了。

他向圣人行了鞠躬礼，然后静静地站着。

“告诉我，”大师问他，“你是什么氏族？”

“我的主人，”他回答，“我不知道，我问我妈妈时她说：‘我年轻时侍奉过很多大师，于是你就来到了你妈妈贾巴拉的肚子里，她没有丈夫。’”

这时弟子们那里响起了一阵喃喃私语，就好像蜂巢里的蜜蜂被骚扰时愤怒的嗡嗡声。对于这个被抛弃的女人不知羞耻的无礼言语，弟子们都生气地嘟囔了起来。

悉达多大师从坐席上站了起来，伸出双臂，把这个男孩拥入怀里，说道：“你是最好的婆罗门，我的孩子，你继承了纯真这个最高贵的遗产。”

本诗寓意：本故事来自《歌者奥义书》，寓意是不必计较人的出身，只要求真，人与人之间都是平等的。真才是每个人都要追求的，不管其身份如何。

依次注释：

1. 丛林：印度古代文明发源于森林，先贤们都认为森林是人类的家园。

2. 悉达多：即 Siddhartha Gautama（公元前 563—公元前 483），也就是释迦牟尼、佛陀，佛教创始人。

3. 至真：指人的灵魂深处完全觉醒的、无穷无尽的真，达到至真时灵魂能与无穷无尽的世界连接在一起。至真也就是完全觉醒、梵天。下文的最高的智慧也是指至真。

4. 婆罗门：印度四个种姓之最高者。

5. 侍奉过很多大师：这里的大师指僧侣，由此可知他妈妈是圣女，即专供僧侣享用的性奴，这也是他妈妈为什么垂下眼睛和小声说话的原因。

65

也许这座城市里有一所房屋，今天早晨它一直敞开着门户，接受晨曦的爱抚，晨曦的使命就在此圆满地结束。

树篱和花园里的花朵都已经吐露，今天早晨也许有一颗心，它在花丛中发现了来自无穷的时光之旅的礼物。

本诗大意：早晨我打开家门，晨曦照射进来，给我带来了温暖和快乐，这就是晨曦的使命。早晨花朵开放了，我在花丛中发现了晨曦这个礼物。

依次注释：

1. 城市：泰戈尔认为城市是尘世喧嚣、物欲横流的地方，因此住在城里的他更渴望得到大自然的爱。

2. 圆满地结束：指圆满地实现生命价值。晨曦的使命就是把光明、爱和温暖送给人类，送到了，它的使命就圆满完成了。

3. 礼物：指晨曦。晨曦也把光明、爱、温暖送给了万物。

66

我的心，你要好好地倾听，在他的笛子吹奏的乐曲里，有野花的芬芳，有树叶的闪光，有流水的波光粼粼，有与蜜蜂翅膀一起振动的阴影。

笛声从我朋友的嘴里悄悄地带走微笑，再把它传遍我的生命。

本诗大意：我的心要好好倾听和领悟大自然中万物的美好，这种美好已经传遍了我的生命。其寓意是我要和美好的世界融为一体。

依次注释：

1. 他：指神，下文“我朋友”亦同义。

2. 笛子：指神的笛子。见第 22 首注释。

3. 微笑：指神的爱和快乐。神通过笛声，向世界、向“我”传达了爱，传达了快乐。

67

你总是独自站在我歌曲之河的对岸。

我旋律的浪涛洗濯你的双脚，我却不知道如何去到它们那里。

我和你天各一方玩游戏，彼此遥不可及。

就是这分离的痛苦经过我的芦笛，融化成了优美的乐曲。

我等待着这一刻到来：你划船横渡到我的岸边，你把我的笛子拿在你自己的手里。

本诗大意：我赞美你的歌声你听不见，歌声虽然传到了你的世界，但我还是无法去到那里，你我之间就像玩捉迷藏的游戏，天各一方。这分离的痛苦只能依靠笛声来得以慰藉。我等着你到来的那一刻，等着你我共谱和谐优美的生命的那一刻。其寓意是渴望与神在一起。

依次注释：

1. 你：指神。

2. 我歌曲：指心声，即与神相聚的心愿。

3. 洗濯你的双脚：为对方洗脚表示对他的崇敬和爱。

4. 游戏：“我”和“你”一直在玩捉迷藏的游戏。泰戈尔常以小孩子的捉迷藏游戏来比喻他和神之间的关系，彼此总是无法见面。

5. 分离：指“我”和“你”的分离，无法相聚。分离的痛苦加深了“我”对“你”的爱，这爱化成了歌曲。

6. 岸：泰戈尔常以岸（河岸、海岸）来比喻两种世界的分界线。来到我的岸边比喻你我在一起，在同一个世界里。

7. 笛子：见第22首注释。

68

今天早晨我心灵的窗户突然打开了，它是对着你心灵的窗户。

我惊喜地看见四月的繁花茂叶写着那个名字，你通过它来认识了我，于是我静静地坐着。

那一瞬间，隔断你我歌声的窗帘被吹开了。

我发现你的晨光充满了我自己还未唱出的无声歌曲，我想我还是要在你的跟前学会这些歌曲，于是我静静地坐着。

本诗大意：我感受到了外面世界的美好，心中也充满了美好，但不知道如何向外面的世界表达出来，所以我要静静地坐着，用心来感悟，使自己的心灵与外面的世界连接在一起。其寓意是追求与外面美好的世界在一起。

依次注释：

1. 心灵的窗户：心灵的窗户打开意味着心向往外面的世界，也看到了外面的世界，但也只能如此，还无法融入外面的世界，因为窗户表明了“我”的心还被关在“家”里。

2. 你：指神（大自然）。

3. 繁花茂叶、名字：泰戈尔常用名字指代某事物的含义和特征，知道名字等于知道那个事物是什么，《飞鸟集》第285首是个具体的例子。繁花茂叶指神的心声的表现。四月是美好的，春天来了，百花盛开，因此那个名字指的就是万物欣欣向荣的特征，名字写在繁花茂叶上意味着繁花茂叶表现出了欣欣向荣的美好景色。经由名字认识我的含义是“我”的心灵也和万物一样生机勃勃，与神的心是一样的，“我”的心属于那里，是那里的一分子，因此神认识“我”了。

4. 静静地坐着：静坐意味着心无旁骛，这样才能使心与神交融在一起。

5. 窗帘：吹开窗帘意味着两颗心可以看见和听见彼此。

6. 还未唱出的无声歌曲：歌曲比喻心声，由于未能相聚，所以向神倾诉的歌曲无法唱出来，也不知道如何唱出来。晨光是神的心声的外在表现，神向我表达了心声，而“我”不知道如何向神表达“我”的心声，所以“我”要去到神的跟前，一是为了相聚，二是为了学习表达心声。因此“我”静坐下来，用心去感悟神的存在及其教诲。

69

你就在我的心底，因此我的心在外流浪时无法找到你；你直到最后都躲避着我所有的爱和希望，因为你一直就在它们那里。

你是我青春游戏中最大的快乐，而当我太过沉迷于游戏时，这最大的快乐却溜走了。

你在我生命的狂喜中为我歌唱，我却忘记了为你歌唱。

本诗寓意：快乐一直在我心里，快乐是生命的真谛。

依次注释：

1. 你：神或快乐，二者同义。

2. 我的心底：快乐其实就在自己的心里，只是很多人没有意识到，到处去寻找它。参见《吉檀迦利》第12首。

3. 我青春游戏中最大的快乐：这个青春时期应是指泰戈尔创作最旺盛的时期，故言最大的快乐。游戏指文学创作过程。泰戈尔曾在《孟加拉掠影》自序中谈到他二十多至三十多岁的时期是他创作最旺盛的时期，那时他尚未背负盛名之累，时间很多，因此充分享受了创作的快乐。

4. 太过沉迷：泰戈尔创作时或因苦思冥想、搜肠刮肚而感到精疲力尽，那种时候就无法享受到快乐了。

5. 狂喜：指上一句的最大快乐。

6. 忘记：神给了“我”快乐，而“我”却忘记歌唱神、歌唱快乐，寓意“我”陷于尘世的功名之争中。泰戈尔成名之初饱受非议，他很郁闷，并不服气，影响了他的创作。“忘记为你歌唱”当指这种精神状态，即写不出好的或赞美快乐的作品。

70

当你把灯盏举到空中时，灯光照亮了我的脸庞，而灯影落在了你的头上。

当我在心中举起爱的灯盏时，爱的光芒落在了你的身上，而我留下来，站在灯影的后方。

本诗寓意：只愿在人后默默奉献，无需在人前亮丽光鲜。

71

啊，快乐的海浪，你掠向天空，你闪耀着光芒，你与生命起舞飞扬。旋转的快乐海浪，你永远在奔向前方。

星光摇曳在快乐的海浪上，五彩纷呈的思想从快乐的深处喷发出来，洒落在生命的海滩上。

生与死随着快乐海浪的韵律起伏跌宕，我心灵的海鸥展开翅膀，在快乐中高声歌唱。

本诗寓意：快乐是生命的真谛，是生命的全部。

依次注释：

1. 海浪：并非实指，而是指像海浪一样翻涌奔腾的快乐。天空、星光、海滩、海鸥等也是如此寓意。

2. 海鸥：现实中海鸥经常在浪尖上飞翔，好像是在与浪尖做游戏，是海浪亲密的玩伴，参见《飞鸟集》第 54 首。这里将海鸥比喻为“我”的心，“我”的心是快乐海浪的玩伴，即“我”也是快乐中的一员。

72

快乐从世界的四面八方奔跑过来，来建造我的身体。

天空的霞光把我的身体吻了又吻，直到她醒来。

夏天的花儿在她的呼吸中竞相吐露芬芳的气息，风声水声是她活动时的歌曲。

云朵和森林翻涌着五彩斑斓的潮汐，把深情倾注到了她的生命里，万物演奏的乐曲爱抚着她，塑造了她四肢的形体。

她是我的新娘，她已经把灯点亮在我的家里。

本诗大意：我的身体和生命由快乐铸造而成，那快乐来自世界，来自万物。快乐是我的新娘，她已经嫁给了我。其寓意是我要追求世界和万物的快乐，与那样的快乐相伴终生。

73

枝繁叶茂的春天已经沁入我的身体。

蜜蜂在我的体内哼唱了一个上午，春风在那里悠闲地与阴影玩耍了起来。

甜蜜的泉水从我心中的最深处喷涌而出。

我的双眼沐浴在喜悦之中，如同清晨沐浴在露水中，生命在我的四肢颤动，就像鲁特琴弹响的琴弦。

我的无穷岁月的爱人啊，你正在我生命的岸边独自徘徊吗？我生命的浪潮正在涌向岸边。

我的梦想是不是就像扑闪着七彩之翼的飞蛾，正围着你飘舞？

那些回荡在我身体黑暗的屋檐下的歌曲是你唱的吗？

除了你，还有谁能听得见时间分分秒秒的密集的嗡嗡声？这声音今天在我的血管里一直响着。还有谁听得见在我胸中舞动的快乐脚步声？还有谁听得见永不休止的生命喧哗声？这喧哗声在我体内拍打着它的翅膀。

本诗大意：我的体内就像大自然一样，姿态万千，快乐无比，充满生命的活力。其寓意是我要追求世界和万物的快乐和生命力。

依次注释：

1. 身体：本诗把“我”的身体类比于大自然的春天，因此体内也有蜜蜂、春风、泉水等。

2. 我的无穷岁月的爱人：指神，也就是快乐，她是无穷无尽的。

3. 我的梦想：指与神在一起的渴望。飞蛾注定要扑向灯火的，“我”也注定要扑向神的。

4. 在我身体黑暗的屋檐下：即歌声来到了我跟前。这里把身体比喻为房屋，因此有屋檐一词。

74

我的枷锁已被砍断，我的债务已经还清，我的家门已经敞开，我可以到处行走了。

他们蹲在角落，编织着昏暗的时间罗网，他们坐在尘土里数着钱币，呼唤我回来。

但是我的剑已铸成，我的盔甲已穿好，我的战马渴望着奔腾。

我将赢得我的王国。

本诗大意和寓意：我已抛弃了物欲、贪婪等假恶丑，决意奔向纯洁、自由、快乐的精神世界。

依次注释：

1. 枷锁：指贪婪、不纯洁等假恶丑，它们像枷锁一样禁锢着我，把我关在牢笼里，让我无法自由快乐。

2. 债务：指对纯洁、自由、快乐的欠债。还清债务也就是抛弃了物欲和贪婪等假恶丑，一心向纯洁、自由和快乐飞奔。

3. 敞开：指我要离开假恶丑的牢笼，去往外面纯洁、自由、快乐的世界。

4. 他们：指陷于假恶丑的人群，他们只能活在狭隘的世界里，也就是角落里。

5. 昏暗的时间罗网：假恶丑的时空是狭窄、昏暗无光明的，就像是罗网一样把他们囚禁在里面。

6. 钱币：指物质财富，比喻物欲和假恶丑。

7. 剑：指向往纯洁自由快乐世界的决心或精神力量。盔甲和战马与此同义。

8. 王国：纯洁自由快乐的世界。

75

就在昨天我来到了你的大地，赤条条的，没有名字，只有一阵啼哭。

今天，我的主人，当你腾出空间让我充实生命时，我的声音是快乐的。

即使在我把我的歌作为贡品献给你的时候，我也暗自希望人们会因为这些歌走过来爱上我。

你很乐见我爱上了你带我来到的这个世界。

本诗大意：我来到了这个世界，神让我感受到了这个世界的快乐，我希望人们也像我一样快乐，神非常乐意看到我快乐。

本诗寓意：大自然、世界是快乐的，我们只要融入其中就会快乐。

依次注释：

1. 昨天：指我降生在大地，来到这个世界。

2. 你：指神，下一句中我的主人亦然。

3. 腾出空间：神在他自由快乐的世界里腾出空间给我，意味着我去到了这个世界，我的生命可以自由快乐充实了，因此我快乐无比，这样的快乐通过声音表达出来了。

4. 贡品：指快乐的歌曲，把快乐唱给神听。

5. 人们会因为这些歌走过来爱上我：其含义是希望人们也像我一样爱上这个自由快乐的世界。

76

我曾胆小地蜷缩在安全的阴暗角落里。但是现在，奔涌的快乐把我的心推上了快乐的山峰，我的心紧紧地抓住带着残忍和苦难的快乐岩石。

我曾独自坐在家中的角落里，觉得这个家太狭小了，难以接待客人。但是现在，当家门被不请自来的快乐推开时，我发现还有余地接纳你和整个世界。

我曾踮着脚尖行走，小心翼翼地保护好自己，保证自己芬芳和光鲜亮丽。但是现在，当快乐的旋风把我吹倒在尘土里时，我欢笑着，在你脚边的地上打滚，像个小孩子。

本诗大意和寓意：走出自我、融入世界才能获得真正的快乐。

依次注释：

1. 安全的阴暗角落里：隐喻保守和贪图安逸、不思进取的精神状态。

2. 带着残忍和苦难的快乐岩石：泰戈尔认为快乐中是带有苦难的。

3. 家：寓意安全的阴暗角落。家门打开意味着家与外面快乐的世界连接在一起了，家成为快乐世界的一部分，所以家变得宽敞，和世界一样了。

77

此时此刻这世界是你的，也将永远是你的。

而且，我的国王，因为你没有物质的需求，你也就无需从你的财富中获得快乐。

这并不是说你的世界空空如也。在悠闲的时光中，你把你拥有的都给了我，从而不断地在我心里赢得你的王国。

你一天又一天地从我的心得回了你的旭日，你发现你的爱雕塑成了我生命的形象。

本诗大意：世界时时刻刻、永永远远都是快乐的。这个世界不需要物质财富，它只有充溢的快乐，时时刻刻都给予我快乐，我也把快乐返回给它，由此我成了它的一部分。寓意：世界是快乐的，应抛弃物欲，投入其中。

依次注释：

1. 你：指神，下文我的国王也是。

2. 需求：神不需要物质财富，而是需要快乐，需要人类快乐。

3. 空空如也：你的世界没有物质财富，所以好像空空如也，但其实它充满了快乐。

4. 悠闲的时光：寓意没有了对物欲的争分夺秒的追逐，

只有无比闲暇和自由的快乐时光。

5. 拥有的：指快乐。

6. 王国：指快乐的世界。把快乐给予我，也就扩大了快乐的领地，即赢得快乐的王国。

7. 得回：我得到神的快乐阳光，又把它返回给神。神（即大自然）给了人类快乐，渴望人类能返回快乐，这样神和人就合为一体了。

8. 旭日：指快乐。神给予我快乐，然后我又返回了快乐。

9. 雕塑：比喻我的生命形态也和神一样了。

78

你给了鸟儿歌声，鸟儿便回报你以欢歌。

你只给了我声音，却要求我回报更多，于是我也唱起了歌。

你吹出的风轻盈飘逸，在对你的奉献中一闪而过。可你却在我的双手放上重物，让我自己来减轻负荷，直到最后双手没了东西，可以完全自由地奉献于你。

你创造了大地，用一缕缕阳光填充它各处的影子。

你停留在那里，让我双手毫无负担，在尘土里创造你的天国。

对于万物你都是给予，对于我你却是索取。

我生命的果实在阳光雨露中成熟了，我收割的比播种的多。金色粮仓的主人啊，这让你的心是多么的快乐。

本诗大意：神特别爱我，所以对我要求高，百般地锻炼我，而我也在磨炼中成长了，变得更好更强大了。诗寓意是爱的磨砺使人更强大。参见《飞鸟集》第 63 首。

依次注释：

1. 你：指神。

2. 金色粮仓：比喻精神财富的汇集，即神是最大的精神财富。

79

不要让我祈祷能躲避各种危险，而是祈祷能无所畏惧地面对它们。

不要让我乞求不再痛苦，而是乞求有一颗征服痛苦的心灵。

不要让我寻求人生战场上的同盟，而是寻求我自己的强盛。

在焦虑和恐惧中，不要让我渴望着被拯救，而是希望拥有赢得自由的坚忍。

请你答应我，不要让我做一个懦夫，不要让我觉得我单打独斗的成功是来自你的仁慈，但让我在失败时仍在你的掌控中。

本诗大意：我要依靠我自己的力量赢得成功和自由，神不要给予我这一切，只需在旁边鼓励、安慰和指引。其寓意是战胜自己，才能把控命运。

依次注释：

1. 你：指神。

2. 掌控：指“我”失败时仍得到你的指引。

80

你独处时无法认识你自己，你的风从你这里到彼岸去传达信息时，也没有呼喊的声音能让大家知道。

我来了，你醒了，于是天空盛开了光芒。

你让我在万花丛中开放，你在万物的摇篮中摇着我；你把我藏在死的里面，又在生的当中找到了我。

我来了，你心潮起伏，痛苦与快乐一起向你走来。

你爱抚着我，让我投入到爱当中。

但我的双眼有羞愧，我的心中有一丝丝害怕；我的脸蒙上了面纱，可是看不见你时我会哭泣。

不过我知道你的心无穷无尽地渴望看见我，在旭日反反复复地敲我家的门当中，这渴望在我的门前不停地呼唤。

本诗大意：即便是神也需要在外面的世界中才能认识自己，不能封闭自己。我与神见面时充满了快乐，分离时充满了痛苦。

本诗寓意：爱、快乐是需要双方一起完成的，所以不要封闭自己。

依次注释：

1. 你：指神。

2. 无法认识你自己：神也和凡人一样，独处时难以认识自己。人也好，神也好，只有把自己放到人群中、放到世界中才能认识自己。

3. 死：指没有爱、不纯洁、不快乐、不自由等（生的含义则是爱、纯洁、自由、快乐等），死是我迈向永生的路上必不可少的坎坷。死犹如黑暗看不见，好像被藏起来了，生则相反，所以能被发现（看见）。躲藏与发现如同捉迷藏的游戏，是泰戈尔经常使用的思想表达方式。

4. 痛苦与快乐一起向你走来：你因为等我太久而痛苦不堪，现在我来了，这痛苦和快乐就一起向你走来了。

5. 羞愧：我自认为还不配得到你的爱，所以感到羞愧、害怕失去你，所以蒙上了脸。但是我不能失去你，所以看不见你时我会哭泣。

6. 旭日：比喻神的信使，即神希望我开门。

81

你在无穷无尽的守望中，倾听着我走近的脚步声，同时你的喜悦在初露的晨曦中汇集，在旭日的喷发中奔向四面八方。

我越走近你，大海的舞动就越深情。

你的世界是你双手握满的光明播撒器，但是你的天堂却在我隐秘的心里，它在羞怯的爱中慢慢地吐露花蕾。

本诗大意：神在等我，我也在向神走去，我们将在快乐的二人世界里相爱到永远。

依次注释：

1. 你的天堂：比喻我和神两个人的小世界。

2. 羞怯的爱：泰戈尔常把自己比喻为新娘，要嫁给神。

82

当我独自坐在我静默思想的阴影里时，我要说出你的名字。

我要说出你的名字，不需要附加什么言语；我就是要说出你的名字，不需要有什么目的。

因为我就像个小孩子，一次又一次地叫妈妈，只因为他能说出“妈妈”就快乐无比。

本诗大意：我深爱着神，仅仅是叫他的名字就能给我带来快乐。其寓意是纯粹的爱能带来纯粹的快乐。

注释：

你：指神。

83

一

我感觉所有的星星都在我心里闪耀，这世界像洪水一样涌进我的生命。

鲜花盛开在我的体内。在我的心里，水陆的全部青春如同香气一样冉冉升起，万物的气息在我的思想中荡漾，如同吹奏笛子。

本节大意：世界万物进入了我的心里，我感觉到了万物的生机勃发。其寓意是我要和世界在一起，融为一体。

二

世界沉睡时我来到了你的门前。

群星已经安静，因此我不敢放声歌唱。

我在等待和守望，直到你的影子从黑夜的阳台边上走过，我才带着满足的心回去。

到了早上我在路边唱起了歌。

树篱上的花朵和我对唱，早晨的清风在倾听。

路上的行人突然停下脚步看着我的脸，以为我叫了他们的名字。

本节大意：我来到神的门口，见到了神，于是我无比快乐和满足。其寓意是追求快乐。

依次注释：

1. 你的影子：指神的影子。神是看不见的，只能看他的影子，也就是万物的影子。

2. 黑夜的阳台：这里泰戈尔把黑夜比作一个家，有家也就有阳台。我在黑夜的门外等候观望，看见“你”在阳台上走过，知道你在看我，感觉到了你对我的爱，因此我满心欢喜地回去了。参见《飞鸟集》第283首。

3. 早晨的清风：隐喻神的信使，风会把我的歌告诉神。

4. 行人：隐喻众人也向往快乐。

三

请把我留在你的门前，倾听你的意愿。请让我在你的王国里到处走动，随时听从你的召唤。

不要让我在萎靡不振的深处沉沦和消失不见。

不要让我的生命白白荒废，被撕成碎片。

不要让那些怀疑、那些虚妄的灰尘迷住了我的视线。

不要让我四处奔波，只顾着把财富聚敛。

不要让我的心跪伏下来，服从众人的使唤。

让我昂起头颅，勇敢地做你的仆人，骄傲地向你奉献。

本节寓意：根除贪婪，沉浸在纯洁和快乐里。

84 水手

你们听到远处死亡的喧嚣声了吗?

从火海和毒云之间传来了呼叫声
——那是船长呼叫舵手把船开去没有名字的海岸,
因为时间——停留在港口的死气沉沉的时间——该结束了。
在港口里自古以来同样的商品买进卖出,无穷无尽地循环,
真诚已枯竭,荡然无存,只有死气沉沉的物品在漂浮。

他们在突如其来的恐惧中惊醒了,问道:
“伙计们,现在是几点钟?
什么时候天亮?”
浓云遮蔽了群星——
这个时辰谁又能看见白天在招手?
他们拿着船桨跑出来,床铺都空了,母亲在祈祷,妻子在门口目送,
分离的哀嚎响彻天空。
黑暗中响起了船长的声音:
“快点,水手们,滞留港口的时间已结束!”

这世界的所有黑色魔鬼已经漫过了它们的河岸，

但是，水手，默念悲伤的祝福，各就各位！

你们想怪罪谁，兄弟们？低下你们的头吧！

你我一直都有罪。

在神的心里各种情感日积月累——

弱者的怯懦、强者的傲慢、富贵者的贪婪、受辱者的愤懑、种族的高傲、对所有人的羞辱——

这些到达顶峰的情感冲破了神的平静，如同暴风雨一样狂暴。

让这暴风雨就像成熟的豆荚一样，把自己的心化成零碎，变成洒向四面八方的雷霆。

你们别再对别人咆哮责骂和自我吹嘘了，

在你们的前额印上默默祈祷的平静吧，开船，向没有名字的海岸驶去。

我们已经知道每天都有罪孽和魔鬼，还有死亡。

它们像云朵一样穿过我们的世界，用它们瞬间闪电的大笑来嘲笑我们。

它们还突然停了下来，变成一只怪兽。

而我们必须要站在它们的面前说：

“怪兽啊，我们不怕你！因为我们每天都靠着征服你才得以活着。

我们将为这样的信念而献身：平静是真，善良是真，而真就是永恒的一！”

假如不死之魂不驻留在死的心里，
假如快乐的智慧无法冲破悲伤的保护壳而绽放开来，
假如罪孽没有消弭于它自我的展现中，
假如傲慢没有在其装饰的重压下破碎，
那么这些人的希望在哪里？正因为有这个希望，他们才像群星在晨曦中冲向死亡一样离家远行。

殉道者的鲜血和母亲们的泪水就完全一无用处地消失在大地的尘土里吗？就不能以他们的代价换来天堂吗？

人冲破他死亡桎梏的那一刻，不就是自由自在的展现吗？

本诗寓意：离开贪婪，去往自由快乐。

依次注释：

1. 水手：指摈弃假恶丑、追求真善美的人。

2. 远处死亡的喧嚣声：远处指港口外面的大海，死亡指贪婪、纷争倾轧、自私自利等假恶丑，喧嚣指假恶丑横行泛滥。

3. 火海和毒云：比喻天地间笼罩着死亡，即物欲横行。

4. 没有名字的海岸：指神秘世界（自由快乐世界）的边缘。泰戈尔常用未知、看不见、没有名字等来形容神秘的快乐世界，因为它是看不见的，是需要寻找的，用心寻找才能发现。

5. 死气沉沉的时间：指沉沦在贪婪、争权夺利、自私自利等假恶丑的时间。

6. 港口：指充满假恶丑的场所。

7. 同样的商品：指物质财富，比喻贪婪等假恶丑。下文死气沉沉的物品亦同义。

8. 悲伤的祝福：悲伤与快乐两者相反相成，是生命的原动力，悲伤的祝福比喻拥有前进的动力。

9. 有罪：指贪婪的行为和态度，它一直存在每个人的心里，因此人的生命历程就是不断地去除贪婪，走向纯洁。

10. 罪孽和魔鬼：指贪婪、倾轧、尔虞我诈、争权夺利等假恶丑的行为和心理。下文的怪兽亦同义。

11. 死亡：假恶丑是没有生命力的，是行尸走肉，如同死亡一样。

12. 真：指世界的真谛。

13. 永恒的一：见第 56 首诗的注释。下文的不死之魂亦同义。

14. 不死之魂：不死之魂驻留在死的心里，只有这样才能经历不断的死亡获得永恒。不死之魂是长河，它绵绵不断地奔向大海，死只是长河旅程中的一些回水、漩涡而已。

15. 智慧：指抛弃假恶丑、奔向真善美的悟性和能力。

16. 群星：群星盼着晨曦快点到来，因为这样它们就可以尽早完成照耀的使命（也就是死亡），之后就可以实现永恒的自由快乐。

17. 天堂：指真善美的世界。

18. 死亡桎梏：假恶丑的桎梏，冲破它后灵魂就纯洁了，变得自由自在、快乐无边了。

85 失败者之歌

我站在路边时，我的主人命令我唱失败者之歌，因为失败者是他偷偷追求的新娘。

她披上了黑面纱，遮住脸不让大家看见，但她胸部的珠宝在黑暗中闪闪发光。

她躲避了白天，神的黑夜用点亮了的油灯和被露水打湿的鲜花来等候她。

她沉默不语，双目下垂；她离开了家，风中传来了她家里的哀嚎。

但是繁星正在对着一张脸唱起永恒的爱之歌，那是一张甜蜜的脸，带着羞愧和苦难。

为了即将到来的幽会，孤独房间的房门已经打开，呼唤声已经传来，黑暗的心怀着敬畏在悸动。

本诗寓意：我终于摆脱了贪婪，终于纯洁了，自由快乐的世界可以接纳我了。

依次注释：

1. 失败者：指我。我表面上沉迷于贪婪、和神对抗，但我内心却始终向往神，因此最终还是败于神、皈依神。参见《吉檀迦利》第98首。

2. 我的主人：指神。

3. 新娘：指我。泰戈尔常把自己比作新娘，要嫁给神。这里神追求“我”，意味着神希望和鼓励我早日挣脱贪婪的枷锁，奔向纯洁快乐。

4. 珠宝：比喻纯洁和快乐。神和我的世界没人知道，因此我（即新娘）在偷偷地奔向纯洁快乐，不为人知。

5. 白天：泰戈尔常把白天比喻为物欲横流，就像热闹非凡的集市，神不会出现；而把黑夜比喻为宁静纯洁，神会出现。

6. 她离开了家：家比喻狭窄封闭的贪婪世界。离开贪婪的世界，听到了里面的人哀嚎，说明里面的人不愿意我走，希望我继续与他们为伍。

7. 繁星：比喻神的纯洁世界。

8. 一张脸：指我。我为自己过去的贪婪感到羞愧，为此也吃尽了苦头，但现在心里是甜蜜的。

9. 幽会：指我与神的约会。

10. 房间：比喻纯洁快乐的世界。

11. 房门：比喻纯洁快乐的世界之门。

12. 黑暗的心：黑暗比喻纯洁世界，黑暗之心则比喻纯洁世界的核心。核心怀着敬畏悸动说明整个纯洁世界都在翘首以盼这个幽会。

86 感恩

行走在傲慢路上的那些人，把低贱的生命踩在他们的脚下，他们血淋淋的脚印盖住了大地的新绿。

让他们沾沾自喜去吧，感谢你，我的主，因为傲慢的人拥有的只是今天。

而我却感激我的命运与卑贱者连在了一起，他们遭受苦难，忍受权势的压迫，在黑暗中掩面低泣。

卑贱者每一次痛苦的悸动都会在你黑夜的隐秘深处引起脉动，每一次受辱都汇集到你伟大的静默中。

明天是属于卑贱者的。

啊，太阳，你终将在流血的心头升起，怒放在早晨的花丛中，而傲慢的狂欢火炬终将化成灰烬。

本诗寓意：傲慢、横行霸道、压迫等假恶丑终将灰飞烟灭，卑微、低贱、奉献、爱等真善美终将大放光彩。

依次注释：

1. 傲慢者：指傲慢、贪婪、横行等假恶丑的人。这类人到处横行霸道，为非作歹，把大地、人间弄得百孔千疮，血迹斑斑。

2. 低贱的生命：指卑微低贱的底层人民，指代真善美。参见《吉檀迦利》第 10 首。

3. 你黑夜的隐秘深处：比喻神的心灵深处。普通大众的痛苦触动了神的心灵，神必将保佑他们。

4. 太阳：比喻光明、真善美、胜利。卑微者终将迎来胜利，真善美终将战胜假恶丑。

5. 流血的心头：指遭受苦难的卑微者的心灵。

6. 怒放：比喻胜利，比喻真善美的盛开。